anatol 'on the road'

Coleção Paralelos, dirigida por J. Guinsburg

Coordenação: J. Guinsburg
Organização: Nanci Fernandes
Preparação de texto: Lilian Miyoko Kumai
Revisão de provas: Iracema A. de Oliveira
Projeto gráfico e capa: Sergio Kon
Produção: Ricardo Neves e Raquel Fernandes Abranches.

anatol 'on the road'
(FICÇÃO)

anatol rosenfeld

Organização:
Nanci Fernandes

Coordenação:
J. Guinsburg

Introdução e notas:
J. Guinsburg e Nanci Fernandes

ilustrações de Sergio Kon

PERSPECTIVA

Dados Internacionais de Catalogação na Publicação (CIP)
(Câmara Brasileira do Livro, SP, Brasil)

Anatol "on the road" : (ficção) / organização Nanci Fernandes ; introdução e notas J. Guinsburg e Nanci Fernandes.– São Paulo : Perspectiva, 2006. – (Paralelos ; 22)

Bibliografia.
ISBN 978-85-273-0731-4

1. Crônicas brasileiras 2. Ficção brasileira 3. Rosenfeld, Anatol, 1912-1973 I. Fernandes, Nanci II. Guinsburg, J. III. Série

05-6327   CDD-869.93

Índices para catálogo sistemático:
1. Ficção : Literatura brasileira   869.93

Direitos reservados à
EDITORA PERSPECTIVA LTDA.
R. Augusta, 2445, cj. 1
01413-100 – São Paulo – SP – Brasil
Telefax: (5511) 3885-8388
www.editoraperspectiva.com.br
2022

sumário

11 Introdução
(J. Guinsburg e Nanci Fernandes)

29 Autobiografia

parte i
memórias de um certo viajante

37 Hetera Negra
39 Da Delícia de Viajar
42 Viagem para Mato Grosso
50 Viagens em Mato Grosso
64 Corumbá, a Cidade Branca
72 Ao Som do Rio Paraguai
76 As Amazonas de Cuiabá
83 Cena de Sangue em Ponta Grossa
87 Meu Tipo Inesquecível
92 Aproveite a minha Experiência
95 A Agricultura Dá Resultado?

parte II
aventuras na pauliceia

105   Na Esquina do Juca Pato
110   Paulo, o Mazombo
118   O Professor e os Automobilistas

parte III
redação da "zwiebel": a ironia na comissura dos bigodes

129   O Inglês à Luz do Cachimbo
139   Entusiasmo e Ironia
144   Humor Judaico

Seção Literária
148   Dois Contra o Mundo
150   As *Seleções* o Acompanham a Todos os Lugares e Lugarzinhos
152   Os Últimos Progressos da Ciência

Seção dos Leitores:
155   Uma Metalepse Ficta
158   Respostas aos Leitores

Recreação

160 Perguntas e Respostas

162 O Rádio-Enigma da Semana

163 Como Fazer Amigos para Melhorar os Negócios

parte IV
adaptações: facheiros da idade média

167 Leal até à Morte: Samuel Ibn Adijah

176 O Rei Bulã e os Kazares: Um Pagão que se Tornou
Judeu

184 O Caminho Errado: Anam Ben David

parte V
contos

195 O *Mínien* Manco

posfácio

263 Um Brasileiro como Ele...
(J. Guinsburg)

introdução

O propósito que nos faz trazer a público as crônicas e os textos de ficção de Anatol Rosenfeld[1] é o de dar a conhecer, em conjunto com o seu evidente valor literário, algumas motivações intrínsecas de seu universo de pensamento e de suas elaborações como escritor que são menos visíveis na sua escritura de ensaísta e crítico. A quase totalidade de sua obra de pensador tem os seus terrenos privilegiados na Estética, na Teoria Literária, no Teatro e no Cinema, bem como – e talvez fundamentalmente dentre

---

1 Tais escritos, agora coligidos, procedem quase todos da década de 1940, tendo sido todos publicados em jornais na época, com exceção de uma narrativa: "O *Mínien* Manco", que permaneceu inédita, segundo tudo indica.

anatol 'on the road'

o conjunto da Filosofia –, na Ética e na Política[2]. Tais interesses, no entanto, desbordaram, em parte pelo menos e nos primeiros anos da carreira deste intelectual no Brasil, para um registro que vai da captação cronística ao conto de invenção, estimulado possivelmente por sua atuação como jornalista. De outra parte, convém dar o devido peso a certos indícios, segundo os quais Anatol, ao realizar seus estudos e preparar a sua tese de doutorado na Universidade de Berlim até 1935, tinha em mira não apenas uma especialização acadêmica em Literatura ou um mister de crítico, mas também projetos de criação literária. Em favor desse ponto de vista, pode-se invocar o fato de que, chegando ao nosso país em 1937, os seus trabalhos iniciais constituiram-se de poesia e ficção em idioma alemão, passando em seguida a estampar relatos e crônicas na língua de adoção

2 Obras publicadas – em várias editoras, Doze Estudos, São Paulo: Conselho Estadual de Cultura, 1959; O Teatro Épico, São Paulo: DESA, 1965, Col. Buriti (reeditado pela Perspectiva, Col. Debates, 1985); O Teatro Alemão, São Paulo: Brasiliense, 1968 (incluído em História da Literatura e do Teatro Alemães, citado mais abaixo); pela Perspectiva – Texto/Contexto I, 1976; Estrutura e Problemas da Obra Literária, 1976; Mistificações Literárias: "Os Protocolos dos Sábios de Sião", 1976; Teatro Moderno, 1977; O Mito e o Herói no Moderno Teatro Brasileiro, 1982; O Pensamento Psicológico, 1984; Texto/Contexto II, 1993; História da Literatura e do Teatro Alemães, 1993; Prismas do Teatro, 1993; Letras Germânicas, 1993; Negro, Macumba e Futebol, 1993; Thomas Mann, 1994; Letras e Leituras, 1994; Na Cinelândia Paulistana, 2002; Cinema: Arte & Indústria, 2002; e Anatol Rosenfeld Off Road (org. de J.Guinsburg et allii), edição especial da Edusp, dezembro de 2003.

INTRODUÇÃO

– aliás, com rápido e surpreendente domínio do português.

Só mais tarde, já de plena posse do vernáculo, optou ele pela profissionalização no jornalismo, desempenhando-o tanto como tradutor de textos, quanto redator e articulista em tópicos dos mais diversos, publicados em diferentes órgãos da imprensa paulistana[3].

É impossível saber se essa mudança, em cujo decurso Rosenfeld abandona a sua ocupação de caixeiro-viajante, aparentemente bem sucedido, e procura encontrar no publicismo o seu único meio de subsistência, acabou por afastá-lo de uma entrega continuada ao exercício literário da ficção. Seja como for, nos artigos, comentários, reportagens, condensações, adaptações e até meros sueltos que produziu como colaborador de jornais e revistas, para não mencionar a crítica e o ensaio de maior fôlego, repontam,

3　Na sequência desta Introdução foram condensados, sob o título de "Autobiografia", informações retiradas de escritos do próprio autor, no curso de sua vida. Para maiores detalhes a respeito das atividades intelectuais de Anatol Rosenfeld no Brasil e comentários a seu respeito, cf.: *Sobre Anatol Rosenfeld* (orgs. J.Guinsburg e Plínio Martins Filho), S. Paulo: Com-Arte, 1995; Nanci Fernandes, "Introdução" a Anatol Rosenfeld, *Na Cinelândia Paulistana*, S. Paulo: Perspectiva, 2002, pp. 11-19; Nanci Fernandes e Arthur Autran, "Introdução" a Anatol Rosenfeld, *Cinema: Arte & Indústria*, S. Paulo: Perspectiva, 2003, pp. 13-30: *Exílio e Literatura: Escritores de Fala Alemã durante a Época do Nazismo*, Izabela Maria Furtado Kestler, São Paulo: Edusp, 2003, pp.133-135 e J. Guinsburg e Nanci Fernandes, "Um Caixeiro-escritor em Brasílicas", introdução a *Anatol Off-Road*, S. Paulo, 2003, edição especial ao evento "Anatol Rosenfeld, Um Homem de Cultura – 30 Anos Depois", em 15/12/2003, realizado pela USP, Edusp e editora Perspectiva.

anatol 'on the road'

em lances sibilinos, metáforas contundentes e afiados giros de linguagem, a denunciar não só o espírito sagaz e erudito do analista e seu sólido embasamento cultural, como peculiaridades de estilo que têm uma expressão mais completa e marcante na sua versão ficcional. Estas feições estilísticas revelam na prosa do periodista, portanto – se não a cada linha, mas pelo menos com significativa frequência –, o autor dos textos aqui reunidos através de algumas de suas características de ficcionista e, por que não, de determinados traços do homem e da personalidade que alentavam o escritor.

Entendendo a nova pátria

O primeiro aspecto a ser apontado é a inteligente e sensível abordagem de tudo aquilo que se relaciona ao Brasil: o conhecimento geográfico, econômico, político, social e humano que a escritura ficcional trai, chega mesmo a causar admiração quando relacionado a um imigrante recém-vindo. Atrelando a necessidade de trabalhar como caixeiro-viajante a um grande interesse com respeito a tudo o que via e vivia, Rosenfeld faz observações pontuais e perspicazes sobre a rica variedade de aspectos e situações que cruzam o seu caminho, cujo registro nos textos coletados na parte I, "Memórias de um Viajante", se impregna, dir-se--ia, de um certo entusiasmo poético (naturalmente sempre bem dosado por reparos irônicos, à boa moda anatoliana....).

introdução

Ganha destaque aí, logo de início, uma compreensiva visão
de um Brasil real, tanto na sua paisagem geofísica quanto
na sociocultural, que se abre em "As Delícias de Viajar" e
passa, em seguida, na "Viagem para Mato Grosso", a desfiar
algumas figuras que lhe chamam a atenção e se inscrevem
nas suas anotações, como a cor local de uma certa tipologia humana e de seu modo de ser – o mestiço de índio, cujo
retrato traz de pronto à mente um sem-número de sem-
blantes brasileiros que fazem a "cara" deste país imenso,
inclusive de suas caldeadas metrópoles; o velho sírio das
"Viagens em Mato Grosso", tão arraigado naquele rincão
quanto a fartura oriental de sua mesa e a provecta sagacidade
de seu espírito; a fisionomia da lassidão, sob a influência
do clima tropical e de seus efeitos no estilo de vida, em
"Corumbá, a Cidade Branca"; ou a indulgente impotência,
de "Ao Som do Rio Paraguai", como um "bocejo sem fim,
como elástico do bom, a três mil réis o metro", de "uma vida
indolente, dentro de uma música dolente do rio dormente",
em que o inferno são os outros... os mosquitos; a esperteza
proverbial dos caixeiros-viajantes comicamente desenhada
em "Aproveite a Minha Experiência" que, curiosamente,
também estabelece uma espécie de hierarquia entre tais
profissionais, na época (no topo situam-se os vendedores
da Ramenzoni, indústria de chapéus, acessórios então quase
indispensáveis). Lê-se algo semelhante, de extrema acui-
dade, na parte II, "Aventuras na Pauliceia": um olhar capaz

anatol 'on the road'

de penetrar o espetáculo urbano em "Na Esquina do Juca Pato" e recortar a renúncia caricata da identidade cultural e pessoal em "Paulo, o Mazombo", que revela, no cronista, a intensa vivência e a forte integração que subjaz à sua elaboração de tipos e a sua pintura dos cenários da Pauliceia daqueles anos. Na sua descrição, pulsa a vida noturna e a frequência ao quadrilátero da Cinelândia, agita-se a multidão ávida por divertimento e escape, que retempera as suas forças para suportar o tédio, nas telas dos cinemas, nos sanduíches e nos chopes do Juca Pato, ao passo que, na sua imobilidade, a patética vendedora de amendoim esculpe o seu mudo sofrimento no seio da madrugada.

Entretanto, os interesses rosenfeldianos, mesmo nessa época, não se restringem apenas ao sortimento de impressões e observações que, nos itinerários de suas andanças, começa a acumular-se na sua mala de caixeiro-viajante, juntamente com o mostruário de venda e o talão de pedidos. Uma outra vertente de suas reflexões, menos ligada ao reconhecimento e relacionamento com as especificidades do novo habitat e mais voltada para tópicos gerais de crítica existencial, cultural e política, leva o autor a trocar a delicada e complacente ironia que perpassa os seus registros das sertanias brasilienses, pelo sarcasmo, às vezes impiedoso, da sátira em "O Professor e o Automobilista" e "O Inglês à Luz do Cachimbo", bem como pelo grotesco do choque de ideias elevadas com a repelente materialidade da existência,

INTRODUÇÃO

em "Dois Contra o Mundo" ou, até, em "Aproveite a Minha Experiência" – relatos sintéticos em que mosquitos, ratos, pulgas e baratas se constituem em motivos dissolventes de qualquer tentativa de sublimar a realidade. O corte irônico e sarcástico nesses textos é, pois, uma característica recorrente, sendo que o seu tom corrosivo torna-se quase escárnio em "Os Últimos Progressos da Ciência", através das suas iterativas microanálises e microdescobertas que provocam um incomodado sorriso de desconfiança, tanto quanto em "Dezenove Princípios para a Crítica Literária", cuja crítica se converte em metacrítica ao voltar-se contra os maus críticos, os extensamente titulados e os que pretendem garantir o valor do seu trabalho e de sua autoridade por meio da ostentação de copiosa bibliografia. Essa postura atinge o auge na inusitada "Carta do Leitor: Uma Metalepse Ficta": nela, a partir de uma fictícia carta a um redator, Anatol brande, com termos raros, a sua desenvoltura paroxítona e proparoxítona, transformando-os nos instrumentos linguísticos de uma crítica frontal aos literatos empolados e pseudointelectuais.

A observação dos *mores* brasileiros, como já salientamos, é sutil e bem humorada no trato dos costumes interioranos – a história contada em "Viagem para Mato Grosso" é hílare, pois a dívida de 300 mil réis que, no fim, acabam virando 100 mil réis, é típica da prática caipira da barganha; nesse conto, a bonomia e a tolerância de Mendel, o judeu que vende a prestação para uma freguesia espalhada

anatol 'on the road'

por aqueles longes, sublinham a integração do imigrante ao novo meio quando decide aceitar aquilo que não podia mudar. Também emblemática é a experiência retratada em "Viagens para Mato Grosso", quando a uma definição do que seria uma feijoada ("tudo quanto possam imaginar – flora, fauna, toda a zoologia e botânica"), segue-se a consequência fisiológica dos excessos alimentares, que é igualmente a base do relato "Cena de Sangue em Ponta Grossa".

Nessa abordagem, vale destacar ainda a crítica acerba à moda que se difunde na época (e que talvez esteja mais do que nunca em voga) – qual seja o digesto americano, que foi aqui transplantado –, de transformar toda sorte de assuntos transcritos em "pílulas" de informações para a fácil digestão do grande público, assim como a voga da leitura dos livros de autoajuda. Esses dois comportamentos estão comicamente apresentados sobretudo em "As *Seleções* o Acompanham a todos os Lugares e Lugarzinhos", mas também em "Dois Contra o Mundo" e em "Os Últimos Progressos da Ciência".

INTRODUÇÃO

Um ironista filosófico

Na maior parte de seus textos ficcionais, Anatol Rosenfeld deixa transparecer o seu profundo embasamento filosófico, o que não é de admirar tratando-se de um autor não só com rica formação nessa área, como sempre interessado nela – fato que, aliás, se traduz no constante cultivo crítico e ensaístico de temas relacionados à filosofia. Porém, não é demais sublinhar, neste caso, o papel que tal vinculação exerce nas suas composições cronísticas e narrativas.

Sob este ângulo, em vários escritos desta coletânea podem ser apontadas algumas recorrências que remetem ao pensador. Uma delas ilustra a clássica discussão sobre espírito *versus* matéria. Jocosamente enfocada em "Meu Tipo Inesquecível", tal dicotomia é também espirituosamente comentada em "O Professor e os Automobilistas". No primeiro conto, através de uma paródia do idealismo da indolência concretamente assentado no calor de Corumbá, um filósofo boliviano (é assim mesmo: talvez a proximidade da fronteira com o país vizinho e a vivência em Mato Grosso tenham inspirado Rosenfeld) vê-se às voltas com um caixeiro-viajante que nada mais deseja senão vender os seus produtos e dormir razoavelmente bem; no segundo, de forma exemplar, o ex-caixeiro (um Eu narrador identificável ao próprio Anatol, agora na Pauliceia e quem sabe já na fase jornalística) defronta-se com o nefelibata professor que, ao

anatol 'on the road'

discorrer sobre temas transcendentais e filosóficos, sofre a agressão intermitente da pura matéria em forma de lama e água, potencializadas pelo mais recente (na época) avanço tecnológico que é um automóvel de último tipo. Tal dicotomia foi mais tarde aprofundada em "O Homem e a Técnica", uma conferência pronunciada no Instituto de Engenharia e convertida em belo ensaio publicado posteriormente[4].

Outra questão que atrai a mordaz ficção filosofante de nosso autor é aquela das pretendidas superioridades raciais e/ou nacionais tais como as mesmas se propunham em alguns estereótipos correntes nos idos de 1940. A espirituosa crônica "O Inglês à Luz do Cachimbo" traz embutida uma ferina apreciação da abordagem farisaica que envolvia a postura imperial britânica. Parafraseando o velho ditado, poder-se-ia dizer que, neste caso, o uso do cachimbo entorta não só a boca como todo o modo de ser do usuário individual ou coletivo, isto é, torna-se o centro gerador de uma tipificação da suposta superioridade inglesa e de seus padrões de comportamento, ou de como ela era representada em seu clichê caricatural. Os elementos exteriores do ser humano são organizados à volta do pito como um investimento sarcástico, sendo travestidos da falácia de todos os argumentos tendenciosos que os colocam sob a óptica do efêmero e do duradouro. A indignação rosenfeldiana atinge, em 1941, um

4   Ver Anatol Rosenfeld, *Texto/Contexto II* , pp. 133-162.

introdução

alvo pessoal que, pode-se imaginar, ainda lhe fazia arder a ferida: os alemães; isto porque, ao falar sobre as origens do rio que banha Corumbá, em "Ao Som do Rio Paraguai", o autor as relaciona aos "tempos em que os alemães eram, de fato, uma raça pura e pulavam, de uniforme pardo, nas árvores, erguendo os braços apenas para bater no peito felpudo e, em vez de marcharem em passo de ganso, dançavam aquela velha dança que já caiu de moda, mas que voltou novamente: o Orango-TANGO".

Com a mira no judaísmo

Outra questão que também assoma à pena de Anatol é a da judaicidade, tanto a dele próprio quanto a dos outros. Embora não fosse um praticante ortodoxo, é impossível, à luz dos seus escritos e das informações sobre sua vida, tê-lo na conta de um oponente ou de um estranho às suas raízes. Pelo contrário, jamais ocultou a sua condição de judeu. Neste sentido, são bastante ilustrativas as três adaptações de relatos provenientes da crônica histórica do Medievo Judaico. Realizadas para fins didáticos e jornalísticos, o seu interesse reside não só na qualidade do texto em português, em que se revela o fino senso literário e narrativo do tradutor e adaptador, como no tipo de episódios selecionados. Na verdade todos têm um caráter dilemático, em que estão em discussão, em confronto ou em interação, religião e ética, sob o

anatol 'on the road'

prisma principalmente de Israel e o Islã, seja no plano do indivíduo, seja da religião, seja do grupo. É o que se pode ler em "Leal até a Morte: Samuel ibn Adjah", em "O Caminho Errado: Anan ben David" ou em "O Rei Bulã e os Kazares". Este último, por exemplo, baseia-se num fato histórico, o da conversão desse povo de hunos brancos à crença mosaica durante a alta Idade Média, incidente ao qual faz eco a obra filosófica *O Kuzari*, em que o maior poeta hebreu do Medievo, Iehuda Halevi, se vale desse acontecimento para discutir os fundamentos e as virtudes do judaísmo como fé revelada. Se este destaque e o modo de abordá-lo denotam, da parte de Rosenfeld, um claro e amplo conhecimento da história, da filosofia, da religião judaicas, de seus princípios e fontes, tal envolvimento não o impede de desenvolver a narrativa com um ligeiro tom irônico, que não soa nem no original utilizado e, muito menos, é claro, no livro do vate siônico, razão pela qual não se poderia afirmar que o narrador em vernáculo se identifique inteiramente com o credo que constitui o tema de seu relato.

No entanto, a voz subjacente à pequena novela: "O *Mínien* Manco" vai fundo na sua visão crítica e ao mesmo tempo condescendente de como imigrantes judeus preservavam a sua tradição no país de adoção. A história, tendo como protagonistas principais dois caixeiros-viajantes − Salomão e Samuel −, coadjuvados por um terceiro (evidentemente o próprio autor), pinta uma galeria de figuras

INTRODUÇÃO

que, embora paródica, lembra algo parecido a um *schtetl* transportado da Europa Oriental para o Brasil: o contexto ambiental e geográfico do sertão de Mato Grosso é contraposto a uma fictícia cidadezinha no interior paulista. "Bem pequenina", nela a influência do meio sobre o pequeno grupo de israelitas ali instalados é avassaladora: o viver e o caminhar mesclam-se ao pó e ao barro vermelhos inexoravelmente, assim como o calor e a língua impregnam-se nas maneiras de ser e de ver dessa comunidade. Os judeus e suas lojas de roupas feitas, as suas práticas rituais e a luta pelo poder dentro do grupo, projetados às vezes como um universo transcendente às suas limitadas dimensões, compõem o quadro em que a história se move. Nesse microcosmo, duas famílias regem dois "partidos" de correligionários que giram à sua volta por interesses econômicos e sociais; são duas facções locais, cujas intrigas e futricas desembocam dramaticamente no propósito de cumprir e vivenciar com o rigor prescrito pela Lei o ritual para o dia mais sagrado do credo judaico. E é neste ponto que o autor vai além da pintura realista de tipos e cenários ao procurar uma coisa mais profunda, mais essencial, que é a utilização de particularidades religiosas do judaísmo para atingir algo mais intrínseco e intenso: a atualização da vida e a comunhão coletiva na celebração do rito que selam uma pertinência e uma identidade. Muito embora o tom caricato da elaboração de personagens e de alguma crítica na abordagem da prática

anatol 'on the road'

religiosa dos companheiros de fé do narrador, o que realça nesta novela é a forma absolutamente inesperada pela qual ela ultrapassa o rotineiro e o mesquinho das pequenas causas do cotidiano e alcança, pelo fervor da prece, um sentido maior para a existência.

Neste nexo, o autor parece disfarçar o seu real objetivo, na medida em que conduz o leitor, ao longo de quase toda a trama, numa direção marcada pela caracterização de um comportamento religioso que, de súbito, num golpe de prestidigitação, acolchoado por uma atmosfera de beatitude, evolui para uma problematização daquilo que se apresenta como aparência, bem como daquilo que, em essência, se realiza nos atos individuais e coletivos de um grupo que se busca e se reconhece neles: toda a sinceridade e emoção dos judeus, durante a prática do seu ritual, efetiva essa transcendência, ao mesmo tempo que o seu significado formal é-lhe subtraído por sua própria efetivação, a qual, no entanto, eleva-a para um plano mais alto, o humano, já que o *mínien*, o *quorum* de fiéis, só se completa graças a um não judeu (embora tal condição não esteja bem definida): o belo caixeiro Samuel, que com seu toque de varinha mágica propiciou a beleza e o enlevo de toda uma comunidade. O rio subterrâneo do entendimento por trás da letra – ou seja, os benefícios da prática ritual honesta e espontânea – vem resgatar os penitentes de suas questiúnculas e rivalidades sob a forma da reconciliação total da pequena congregação

INTRODUÇÃO

judaica. Lá onde reinava a dissídia e a inimizade, o acaso e a
providência do narrador salvam, não sem uma ponta irônica
consubstanciada nesse estranho ao ninho, o cumprimento
da celebração e a reunião da comunidade.

Poder-se-ia vislumbrar, pelo que reponta na construção desse enredo novelístico e no seu jogo estilístico entre
o traçado realista e o remate grotesco, uma certa relação
estética com a escritura romanesca de um autor que Anatol Rosenfeld sempre admirou. Na verdade, a seu modo,
"O *Mínien* Manco" também reflete uma preocupação recorrente na temática de Thomas Mann – apesar de a tentativa
fáustica no sentido de superar a vida através da arte acabar sempre, na obra de Mann, redundando na doença e na
morte. Na obra de Rosenfeld, até certo ponto, essa preocupação resulta invertida, porquanto a beleza, o artifício, e
inclusive a fraude, redimem a vida e a transfiguram do seu
chafurdar na vala do sentido comum e da existência corri-
queira. É o que se evidencia numa comparação com *Morte
em Veneza*, pois, se nesta novela o intelectual sente-se fas-
cinado pela formosura apolínea de Tadzio e, ao sujeitar-se
ao seu domínio, provoca a sua própria destruição, em "O
Mínien Manco", o "estranho", o "incircuncidado" – e, como
tal, para todos os efeitos da religião, o *goi*, ou seja, o belo
Samuel, fascinante e misterioso qual um efebo da Grécia clássica –, transforma a vivência desagregadora de um
iminente fracasso (a falta de *quorum* para o ritual) numa

anatol 'on the road'

comunhão integradora que incorpora a beleza da celebração em solene esplendor místico. O posterior desvendamento de sua incompleta condição religiosa perde o seu poder corrosivo em face da efetivação do objetivo religioso expresso no ritual, anulando qualquer implicação de culpa ou de acusação. Ainda assim, em sua reflexão final, Salomão, o sábio companheiro de profissão e *alter ego* do autor, abandona o seu embevecimento e, deixando aflorar mais uma vez o vezo crítico anatoliano, põe em xeque o valor do belo. Num tom melancólico, quase kohelético, dá vazão ao seu ceticismo e conclui que, em todo homem, a beleza "é como o sol: de longe encanta e é luz e de perto aniquila". Entretanto, a viagem de trem dos dois viajantes pelas brenhas brasílicas continua de estação em estação, no rumo que a vida lhes imprime – talvez até "o coração escuro da solidão..."

J. Guinsburg e Nanci Fernandes

anatol
'on the road'

AUTOBIOGRAFIA

Anatol Herbert Rosenfeld[5], nascido em 1912[6]. Oriundo da Alemanha, cheguei em 1937 no Brasil, onde me radiquei, aos vinte e cinco anos[7]. Fiz meus estudos primários

5 Nos documentos escolares, bem como nos documentos de embarque existentes, seu nome completo consta como sendo apenas Herbert Rosenfeld.

6 Embora tenha declarado, nos diversos currículos e publicamente, ter nascido em 1912, nos documentos existentes quando de sua vinda ao Brasil (documentos de embarque, faturas, recibos etc.), bem como nas declarações ao Imposto de Renda e Inscrição na Prefeitura de São Paulo já em seus últimos anos de vida, consta como tendo nascido no ano de 1910.

7 No arquivo consta o bilhete nº 16.810 de Chargeurs Réunis, de Paris, emitido em Berlim em 12.11.1936, no qual se informa que viajará no navio "Kergne-len", a sair de Le Havre (França) em 28.11.1936. A seguir, encontramos uma nota de menu "Dejeuner du 8.Decembre 1936", o que leva à suposição de que tenha chegado ao Brasil entre 1936/1937.

anatol 'on the road'

e secundários em Berlim e estudei durante quatro anos
– de 1930 a 1934 – na Universidade de Berlim (Friedrich-
-Wilhemls-Universitaet),principalmente filosofia, teoria da
literatura e história (com especialização em Letras Alemãs).
Fui aluno dos professores Nicolai Hartmann e Eduard Spran-
ger (Filosofia), Max Dessoir (Estética), Julius Petersen (Teoria
da Literatura) e outros. Interrompi o preparo da minha tese
de doutorado, forçado pela situação política e pelas Leis Dis-
criminatórias de Nürenberg (1935).

No Brasil, depois de trabalhar durante certo tempo
numa fazenda (Pedreira, perto de Campinas, Estado de São
Paulo) e dedicar-me durante outro período a atividades comerciais[8] – fase que me facilitou a aprendizagem da língua portuguesa

8 O primeiro documento do arquivo de Rosenfeld no Brasil, refere-se a um sal-
vo-conduto do Lloyd Nacional S.A. de 1.8.1939, autorizando-o a viajar com
desconto nos seus navios a partir de 1.2.1940, como representante da firma
Francisco Teperman & Cia., de São Paulo.
A seguir, há um contrato de exclusividade a partir de janeiro de 1940, com a firma
Manufaturas Back Ltda. – com a qual trabalhou até o fim de suas atividades como
caixeiro-viajante –, em que consta residir no Hotel do Comércio, rua Mauá n° 187,
em São Paulo. Em documento anterior de 28.7.1939, no Atestado de Vacinação do
Departamento de Saúde Pública de São Paulo, ele declara ser filho de Carlos Herbert Rosenfeld e residir na Rua Mauá, no Hotel do Comércio.
Quanto à data em que efetivamente trabalhou como representante comercial, os
documentos indicam 1946 como fase de plena atividade (declaração de 11.10.1945,
datada de Marília/SP, para a Agência Nacional de Defesa Econômica no Rio de
Janeiro: nota fiscal da Back para Rosenfeld de 4.9.1946), embora essa época
marque já uma intensa atividade intelectual na Press International, agência de

30

autobiografia

–, retornei a ocupações de ordem mais intelectual[9]: tendo cola-
borado inicialmente em periódicos de língua alemã, passei
em seguida a escrever com regularidade em jornais brasileiros (*Correio Paulistano, Jornal de São Paulo, Estado de S.
Paulo*), bem como revistas (*Revista Brasileira de Filosofia*,
vol. XIV da Coleção Forum Roberto Simonsen, 1959 etc.),
quer brasileiras, quer alemães – escrevi vários trabalhos
sobre assuntos brasileiros, escritos em língua alemã, que
foram publicados pelo *Staden-Jahrbuch*. Desde 1956 até o
seu encerramento (1967), fui titular da Secção de Letras
Germânicas do "Suplemento Literário" de *O Estado de S.
Paulo*, tendo escrito também resenhas e outros ensaios para
o mesmo[10]. Fui diretor da coleção "Pensamento Estético"

> notícias de Hugo Schlesinger. Entretanto, ainda em 1949 (nota de entrega
> de 26.10.1949 ref. a amostras de panos e armarinhos), parece que essa ati-
> vidade não tivesse sido de todo abandonada: a nota menciona Anatol como
> residente no Hotel Colombo, em Campo Grande, MT.
>
> 9 Complementando as palavras de Anatol e o que ficou dito na nota anterior,
> em nota manuscrita na sua inscrição no Cadastro Mobiliário da Prefei-
> tura de São Paulo, datada de 07.08.1973 (portanto, alguns meses antes
> de sua morte, em 13.12.1973), ele declara como "atividade principal: jor-
> nalista – Data do início: 1945"; especifica ainda nesse documento: "Envio,
> *sem vínculo empregatício*, como 'free-lancer', colaborações a jornais" (grifo
> de AR). Não obstante ter-se declarado como jornalista, nas declarações do
> IR-PF ele se declara "professor".
>
> 10 Além de ser o titular da secção de Letras Germânicas, colaborou também
> nas áreas de ficção, história da literatura, metacrítica, poesia (história),
> teatro, teoria da literatura e resenhas bibliográficas nas mais variadas

anatol 'on the road'

da editora Herder (São Paulo). Escrevi estudos mais extensos sobre Schopenhauer, Goethe e Schiller que serviram de prefácios aos volumes: *O Instinto Sexual* de Arthur Schopenhauer (Livraria Corrêa), *O Pensamento de Goethe* (Iris, São Paulo, 1959), e *Sobre a Educação Estética* de Schiller (Herder, São Paulo, 1963).

De 1962 a 1967 lecionei Estética Teatral na Escola de Arte Dramática de São Paulo (sob a direção de Alfredo Mesquita)[11]. Convidado para ocupar a cadeira de Estética na Escola de Comunicações da Universidade de São Paulo, senti ter de recusar esse honroso cargo, como também o de professor de Crítica Teatral, na mesma escola superior, por um excessivo acúmulo de afazeres que não teria permitido ajustar-me aos horários e desincumbir-me plenamente de tarefas de tão grande responsabilidade. Ainda assim, ministrei cursos sobre Estética Teatral na Escola de Comunicações da USP. Proferi numerosas conferências em São Paulo e no Rio de Janeiro, e organizei diversos cursos em círculos estudantis, dedicados principalmente à filosofia e à interpretação literária. Não aceitei uma cátedra de língua e literatura germânicas na Faculdade de Marília por

áreas. Ver Marilena Weinhardt, *O Suplemento Literário d'O Estado de S. Paulo – 1956-1967 (Subsídios para a História da Crítica Literária no Brasil)*, Brasília: Instituto Nacional do Livro, 1987, 2 vs.

11 Além de Estética, lecionou também Teatro Alemão.

32

autobiografia

não me sentir inclinado pelo ensino de línguas. Também lecionei Estética Geral na Escola Superior de Cinema São Luiz, São Paulo.

Entre as minhas publicações, menciono *Doze Estudos*, coletânea de ensaios críticos editada em 1962 pelo Conselho Estadual de Cultura do Estado de São Paulo; *O Teatro Épico*, editado em 1965 na série "Buriti" da editora Desa; *Teatro Alemão*. 1ª parte, esboço histórico (Brasiliense, 1968); *A Personagem de Ficção*, escrito juntamente com os professores Antonio Candido, Décio de Almeida Prado e Paulo Emílio Salles Gomes e editado primeiro como *Boletim da Faculdade de Filosofia da USP*, e posteriormente como edição da editora Perspectiva; e *Texto/Contexto*, coletânea de ensaios de Estética e Crítica Literária e Teatral (Perspectiva, São Paulo, 1969)[12].

12 Com relação às publicações póstumas, ver nota 2, p. 12.

memórias de um
certo viajante

HETERA NEGRA[1]

Numa cabana tosca, barro e palha,
a bela negra fez-me sua presa.
Maga do violão, os sons que espalha
são o canto Nagô de uma princesa.

Toda nua, jubila em sua beleza.
Alvo que sou, quer filhos ouro-palha.
Seu amor, vento tórrido, a escureza
de uma floresta abrasa qual fornalha.

---

1 A. Rosenfeld, no *Caderno de seus Poemas*, em alemão. Transcriação de Haroldo
de Campos apresentada em 11 e 12.12.1993, por ocasião da homenagem pres-
tado à memória de Anatol Rosenfeld, aos vinte anos de seu falecimento.

anatol 'on the road'

Seu amor é uma fera que estertora,
dando-se por prazer, não por dinheiro.
E torce, e se retorce, e geme, e chora...

Banhava-me e sonhava um filho louro...
Comendo sapotis, frutas de cheiro,
sugávamos ao sol melões de ouro.

da delícia de viajar[2]

Não há um Brasil, há muitos Brasis. Ninguém que conheça só duas ou três metrópoles deste gigantesco país, pode dizer que o conheça. Quem conhece a orla costeira, está longe de fazer uma ideia da hinterlândia, e quem conhece apenas o Sul, far-se-á, caso generalizar, uma ideia inteiramente errada do Norte. Mesmo sob o ponto de vista da vegetação, há vários Brasis. Se na Amazônia, devido à alta pluviosidade, predomina a mata – a floresta enorme e luxuriante, com árvores de grande porte que atingem até mais de quarenta metros, como por exemplo, o castanheiro

---

2 Manuscrito sem data, provavelmente de 1940-1941.

anatol 'on the road'

do Pará –, já em zonas do Sul se impõem os campos: "campos limpos", formados por ervas e gramíneas, e "campos sujos", em que se apresentam capões de mato e arbustos disseminados. E há ainda o Nordeste semiárido, onde se estende a famosa caatinga, com sua vegetação espinhenta e lenhosa, com suas plantas cactáceas e bromiláceas.

Tão diversa como a vegetação é a economia que impera nas várias regiões, seja pastoril, seja agrícola, seja de mineração ou mesmo de simples coleta, como no sul do Mato Grosso[3], em que o homem meramente colhe a erva-mate que cresce livremente pelos campos. As grandes cidades da orla costeira são apenas epiderme. Atrás delas há o gigantesco corpo, os músculos, o sangue e as entranhas desse Brasil vário, multifacetado, de uma gama nuanceadíssima de gente, nuanceada quanto à cor e origem, quanto aos costumes e atitudes, quanto à fala e às superstições, às danças, crendices e ao folclore. Para todo esse arco-íris de gente e costumes, há termos populares cuja enumeração encheria um vasto dicionário especial.

Que sabe do Brasil aquele que vai de avião ao Rio ou a Porto Alegre? Tomem o trem da Noroeste em Bauru e viajem através do planalto do Mato Grosso. No caminho, fiquem alguns dias em Aquidauana e Miranda. Excursionem pelos

---

3 O antigo Estado de Mato Grosso abrangia os atuais Mato Grosso do Sul e Mato Grosso.

memórias de um certo viajante

campos. Depois, prossigam até Porto Esperança e Corumbá. Tomem ali o naviozinho de rodas e vão até Cuiabá; depois, de caminhão, até Diamantino. Olhem um mapa. Isso é viajar! Peguem a jardineira em Campo Grande e vão até Ponta Porã, na fronteira do Paraguai, sim senhor, e se atolarem no caminho devido a uma chuva tropical, tanto melhor! Assim é que se conhece um país.

Creio que a Comissão de Cultura[4] promoverá, dentro em breve, uma ou várias conferências sobre uma ou outra excursão pelo Brasil. Assistam a ela ou a elas; talvez se sintam animados para saírem da trilha que os leva, infalivelmente, a Campos do Jordão, a São Pedro e àquela ilhazinha em frente de Santos que começa com a letra "G" e cujo nome me escapou[5], no momento, decerto devido a algum complexo freudiano. Não se entreguem à rotina dos balneários. No dia em que um balneário tornar-se rotina, ele perdeu o seu sentido de balneário, que é o de escapar da rotina. Garanto-lhes que, em Porto Esperança, vão aprender jogos de baralho bem diversos, com os quais nunca dantes sonharam. Não valerá, esse enriquecimento, um pequeno esforço?

---

4 Anatol refere-se à Comissão de Cultura da CIP – Congregação Israelita Paulista, na época proprietária da *Crônica Israelita*.
5 O nome da cidade é Guarujá, no litoral do Estado de São Paulo.

viagem para Mato Grosso[6]

A todo aquele que tiver a ventura de chegar, algum dia, a Ponta Grossa, aconselho procurar o Sr. Mendel Bar. Qualquer engraxate lhe dirá onde ele mora. Se o Sr. Mendel estiver de bom humor, talvez o convide para tomar parte em uma das suas excursões comerciais ao sertão. Neste caso, não deixe de ir! Com certeza será interessante. O automóvel de Mendel parece haver sido descoberto numa escavação arqueológica da Ásia Menor, mas ele jura, em ídiche, português e em polonês, que as estradas em questão só podem ser transitadas por um carro desse tipo. Quando

6 Crônica Israelita, 189.1941.

memórias de um certo viajante

confiei o meu corpo, pela primeira vez, a esse carro, os meus amigos se despediram de mim, comovidos, dizendo:

— O automóvel, por si só, ainda vai, e as estradas às vezes também são transitáveis. O automóvel, porém, e as estradas, em conjunto... E ainda por cima a chuva... Vai com Deus!

Mas o Sr. Mendel é um chofer excelente e, assim, partimos de madrugada, munidos de um estoque bastante variado de mercadorias. Tudo correu às mil maravilhas, as estradas estavam relativamente em bom estado e até o nosso primeiro destino, um pequeno armazém, somente atolamos duas vezes no lodo. E mesmo quando, numa ocasião, as rodas traseiras do carro afundaram, ao atravessar uma ponte de madeira podre, sob a qual, em atordoante profundidade, fluía um riacho, o Sr. Mendel não disse mais do que: "Upa!". Isso não era nada.

O proprietário da venda, um velho amável, com óculos de armação de aço, nos convidou para o obrigatório mate--chimarrão, declarando gentilmente não poder comprar coisa alguma, por não possuir nem um mil réis sequer. Após uma hora de conversa amistosa, durante a qual consumimos enormes quantidades de cigarros, mate e pinga, comprou ele, no entanto, numerosos ternos de roupa, calçados, camisas, calças, miçangas, broches etc., pagando tudo, tintim por tintim.

Depois disso, a viagem começou a apresentar mais imprevistos. Raras foram as carroças que tinham cavalos

anatol 'on the road'

à frente; o que encontrávamos eram somente aqueles carros grandes puxados por seis a oito bois, e que anunciavam a sua aproximação pelo chiado penetrante e monótono dos seus eixos. Em meio a um calor de brasa, corremos em serpentinas intermináveis, através de sendas que mal tinham a largura da bitola do nosso carro, e que antes pareciam um terreno apropriado para experimentar a resistência dos tanques.

Em seguida, a paisagem tornou-se mais plana, abrindo--se, ao fim, a verdadeira floresta. Nosso automóvel atirou-se pulando em disparada vertiginosa pela picada estreita e coberta de grama que havia sido aberta ao se atravessar a mata. De ambos os lados, em abundância inimaginável, um verde espesso, emaranhando-se num impenetrável sarçal, capoeiras, samambaias, cipós, e tudo isso crescendo para dentro do atalho e batendo contra o para-brisa do nosso carro semiaberto, cobrindo-nos logo por milhares de folhas, num arco verde cintilante de borboletas, besouros e outros insetos surpreendidos. De uma proximidade assustadora pendia, em cima de nós, a abóbada transparente das folhas, num arco verde cintilante, através do qual gotejava o lusco-fusco solar. Na penumbra trêmula, malhados por um padrão de sombras bizarras, parecíamos a nós mesmos como que transformados em monstros.

Durante horas a fio percorremos a calma misteriosa desse túnel, até que se abrisse uma clareira e, com

memórias de um certo viajante

ela, chegássemos ao ponto mais distante da nossa excursão, uma venda minúscula, escondida na tácita solidão da mata sem fim. O proprietário, um melancólico mestiço de índio, cujo rosto estava marcado pela malária, pediu-nos, com ar suplicante, as notícias mais insignificantes de Ponta Grossa, para ele o expoente do grande mundo lá fora. Tinha uma maneira esquisita de balançar a cabeça e de falar cantando, como se a solidão o tivesse feito esquecer de como se fala direito. Provavelmente, porém, o motivo era bem diferente. É que ele não tinha ainda aprendido a conversar simplesmente pelo gosto de falar, e a palavra, para ele, era ainda cheia de encanto e mistério, como para o analfabeto o floreado da letra. Assim, a sua palestra tinha algo da solenidade de um sermão, e ele iniciou e terminou a sua conversa elaborada que mais parecia uma oração. Ademais, ele se serviu da tática de não comprar outra mercadoria a não ser aquela que qualificou de inferior e cara, enquanto o Sr. Mendel, sem perder uma palavra, empacotou de novo tudo que ele, Mendel, havia elogiado como bom e barato.

Antes de pagar, o freguês contava e recontava o dinheiro durante uma meia hora, aproximadamente. De uma compra anterior, ele devia ainda 300 mil réis ao Sr. Mendel, afirmando não possuir essa quantia. Na volta para Ponta Grossa, contudo, o Sr. Manoel (assim ele pronunciava o nome do Sr. Mendel) encontraria, sem dúvida, o

anatol 'on the road'

Joãozinho, quem, por sua vez, lhe devia. Tratava-se de uma carroça coberta por lona branca e puxada por cinco cavalos.

Partimos logo, por causa do céu ameaçador, pois se uma chuva forte nos surpreendesse aqui, seríamos obrigados a um descanso forçado no mato, durante uma semana. Depois de duas horas de corrida louca, alcançamos um carro com cinco cavalos, mas com toldo de lona parda.

— Eh, amigo! — exclamou o Sr. Mendel —, você é o Joãozinho?

— Não, senhor. O Joãozinho deve estar, agora, um pouco pra cá do quartel.

Mais uma hora de viagem, até que aparecesse um carro coberto por lona branca, porém puxado por seis cavalos.

— Olá, bichão! Você é o Joãozinho?

— Num, sinhô, num sou. O Joãozinho deve estar, agora, um pouco pra lá do quartel.

Um terceiro, de lona cor de cinza e oito cavalos, exatamente nos indicou o ponto certo onde o Joãozinho havia parado. Passávamos as primeiras choupanas de Ponta Grossa quando começaram a cair gotas gigantescas do céu enegrecido. Entre raios e trovões encontramos, finalmente, um pouco atrás do quartel, o Joãozinho com a lona branca e os cinco cavalos.

Maseltoff (Boa Sorte) — disse Mendel pedindo os trezentos, mas o Joãozinho sustentava que devia ao homem no mato apenas 180 mil réis, não tendo nem esses consigo.

memórias de um certo viajante

Contudo, perto da cidade, a dois quilômetros daqui, havia uma venda cujo dono lhe devia 140 mil réis. Se o senhor quisesse ir até lá, ele seguiria agora mesmo.

No meio de um aguaceiro pavoroso, molhados até a pele, apesar do carro semifechado, paramos em frente àquele negócio, onde nos esperava uma vaca em atitude ameaçadora. Entramos e achamos o dono cuidando de cobrir os objetos reluzentes com panos, para prevenir-se contra o perigo dos raios. Sim, ele devia 140 mil réis ao Joãozinho. Entretanto, só dispunha de 128, dos quais ele se prontificou a dar 110. Meia hora mais tarde, chegou o Joãozinho todo ensopado, por pouco escapando de ser derrubado pela vaca enfurecida, e exigindo, por sua vez, o seu dinheiro. O devedor começou a contar os 110 mil réis, e quando acabou (tudo em notas de 5$000 e níqueis), deu-se um estrondo tremendo e a luz se apagou. À luz de vela, recomeçaram, então, a contar. Por fim, o Joãozinho recebeu os seus 110 mil réis, entregou 100 ao Sr. Mendel porque ele, também, tinha que ficar com alguma coisa.

Dessa forma, o homem do mato pagou uma prestação de cem mil réis dos trezentos que devia a Mendel. Este, contentíssimo, convidou-nos, em seguida, para uma rodada de pinga dupla e, naturalmente, nenhum dos presentes pôde se esquivar de fazer o mesmo.

Voltamos bem tarde para casa.

Viagens em Mato Grosso[7]

Ponta Porã, cidade pertencente ao Brasil e ao Paraguai, fica situada no sul do Estado de Mato Grosso[8], a uma distância de quase 60 léguas (cerca de 350 quilômetros) de Campo Grande. De Campo Grande para São Paulo são mais 1300 quilômetros, distância essa coberta em pouco mais de 40 horas pelas estradas de ferro. Trezentos e cinquenta quilômetros não são nada numa região imensa como o Estado de Mato Grosso, uma região onde 100 quilômetros são uma bagatela e onde cada quilômetro mede duas milhas. Mas essa distância insignificante é enfeitiçada e a

7   De 1/10/1942.
8   Ver nota, p.38.

50

memórias de um certo viajante

estrada de ferro ainda está sendo construída. Dos motoristas que levam semanalmente os três velhos ônibus para a fronteira paraguaia, e dos seus colegas que fazem o mesmo com os caminhões, conta-se que suas almas, quando deixam o corpo torturado, sobem como que tochas sibilantes para o céu e elas entram, sem bater, com estrondo terrível pela porta celeste. Isso constitui o privilégio deles. Junto à estrada, veem-se algumas cruzes que marcam os lugares onde um motorista perdeu a vida. Falei com a viúva de um motorista cujo caminhão, no ano passado, numa curva do caminho não obedeceu mais a ele, mas à lei da gravidade. Ela é uma jovem paraguaia que está brigando com o seu filhinho, Wilson, para que ele fale português e não o guarani. A organização dos motoristas deu dez contos de réis para a educação de Wilson.

O leitor poderia pensar que se trata de uma estrada que passa à borda de precipícios e despenhadeiros profundos, em serpentinas perigosas. Mas nada disso. A paisagem é quase perfeitamente plana, só raramente ondulada por montinhos suaves. Para onde se olhe, só se veem campos verdes, com gado pastando – a riqueza do Estado. Às vezes, há mato virgem pelo caminho, arbustos impenetráveis, acompanhando os leitos dos rios estreitos e impetuosos. Se há algum perigo, ele consiste principalmente no fato de que a estrada, particularmente depois das chuvas, não é quase usada. Os motoristas seguem o seu instinto e procuram o

51

anatol 'on the road'

seu próprio caminho pelos campos, nos tempos de chuva através da lama profunda, charcos e terras enganosas que absorvem a água como esponjas e deixam o carro afundar de repente. A estrada de rodagem propriamente dita, da qual dependem os caminhões pesados, geralmente nada mais é do que um sulco profundo que faz as rodas girarem no ar e o carro dançar sobre os eixos.

Nos casos mais favoráveis, a viagem é feita em 16-18 horas, mas ela pode levar também, conforme as circunstâncias, dois, três ou quatro dias. Às vezes, parte-se de ônibus e chega-se a cavalo. Ou ainda a pé. O afundamento do carro é o pesadelo dos motoristas. Às vezes, ônibus e caminhões têm um encontro em lugares particularmente traiçoeiros. Aí, então, os afamados "macacos", "chicos" ou "chiquinhos" (conforme o tamanho) entram em ação. Ao redor de um carro estão seis homens, sujos de lama, suando e caçando insetos, e que dão bons conselhos àqueles que trabalham com os chicos.

— Tu cometeste um erro, bichão.

— Tu pegas o chico aqui e o botas no calço ali. Tu não sabes trabalhar...

— Parece que tu não comeste feijão hoje...

Eles trabalham, ajudando um ao outro, sem descanso, durante muitas horas. É a pior profissão do mundo, mas eles a amam. Dão a seus carros nomes carinhosos, dormem junto deles como se fossem animais e desenvolvem uma mitologia

memórias de um certo viajante

lírica do motor. Ouvi que um motorista, depois de um trabalho de cinco horas com um carro afundado, disse enquanto tirava o suor da fronte suja, ao seu colega infeliz:

— Parece que tuas rodas escolheram um barrinho (barro) bem gostoso. Não querem sair daqui.

A cada 50 a 60 quilômetros encontram-se boliches[9], sítios ou fazendas cujos proprietários oferecem aos viajantes que passam bebida e comida por preços baratos, e à noite também lhes põem quartos à disposição. Lembrança agradabilíssima conservei de uma fazenda, a cerca de 80 quilômetros de Ponta Porã, cujo proprietário, um velho sírio, oferece aos seus hóspedes, por três ou quatro mil réis, refeições verdadeiramente épicas. A mesa curva-se, efetivamente, sob o peso de ovos, macarrão, bifes, pão doce gostoso. Comem-se batata doce no leite, churrasco, bolinhos, verdadeiras granadas de vitaminas, omeletes cheias de surpresas e ricas em calorias. Feijoadas enormes, acompanhadas de pinga, enchem pratos formidáveis — feijoadas cheirosas nas quais tudo quanto possam imaginar — fauna e flora, toda a zoologia e a botânica — se compuseram para uma gigantesca síntese dialética, como suma expressão metafísica de panteística arte culinária, cujo resultado costuma ser, quando a gente se dedica em excesso ao seu produto, uma paralisação dos centros nervosos, semelhante a uma apoplexia, bem como

9   Boliche, neste caso, significa o mesmo que bodega.

anatol 'on the road'

uma consequente dissolução meio mística, meio molhada do indivíduo no espaço. Efetivamente, o velho sírio é um filósofo. Em frente a uma das janelas da "casa grande", que está cercada por uma varanda calçada, há um lugar que ficou, pelo constante derramamento de água com sabão, tão escorregadiço que, com certeza absoluta, qualquer um leva um tombo danado se passar por lá.

— Isso, — costumava dizer o velho à vítima para consolá-la — é a prova de vossa bondade. E observava: — Pois só os bons caem aqui.

Isso é um consolo eficiente e sara os piores galos. Conversei muito com o ancião a respeito do tradicional lugar. Quando passei por ele a primeira vez sem cair, ele me levou misteriosamente para o lado e me segredou:

— A verdade é, naturalmente, que aquele que não cai é bom. Mas esse caso é muito raro.

Eu fiquei orgulhoso, mas ele não terminara:

— Que o senhor não tenha caído não prova nada. Já conhecia o lugar.

Ultimamente, ele mandou cercar o lugar porque tornou-se pessimista e, além disso, um padre quebrou lá o braço.

Se o acaso assim o quiser, o cardápio pode ser enriquecido pela caça, mormente quando entre os passageiros se ache algum *nimrod* (caçador) amador. Presenciei isso uma vez, quando um negociante de peles matou uma corça, a 150 quilômetros de distância, com alguns tiros do seu trinta e oito.

memórias de um certo viajante

Estou inclinado a classificar tal fato como um bom resultado. Um aparecimento frequente é o das avestruzes[10] que, com as suas pernas duras, pouco elásticas, fogem a passos largos acompanhando, às vezes por engano, durante minutos, a jardineira, até notarem que tomaram a direção falsa.

No que diz respeito a cobras, vi a maioria no Butantã[11] Em liberdade, encontrei apenas quatro cobras, duas numa fazenda de São Paulo, das quais uma foi morta com uma vassoura e a outra foi presa num lanço especial a fim de ser remetida para o Butantã e ser trocada por soro. Um terceiro réptil eu vi morrendo nas ruas de Ponta Grossa, no Paraná, fato que provocou grande escândalo, provavelmente igual ao que produziria uma girafa se passasse pela rua Líbero Badaró, em São Paulo, e metesse a sua cabeça numa das janelas do *night-club* que fica no "Martinelli" e pedisse uma dose de uísque. Finalmente a quarta, uma jararacuçu, um animalzinho bem venenoso, eu cheguei a conhecer numa viagem para Ponta Porã. Ela parecia querer morder os pneus e assim perdeu a vida.

10 Na realidade, são emas, aves da família dos reídeos (Rhea americana), que vivem em regiões campestres e cerrados no Paraguai, Bolívia, Argentina, Uruguai e Brasil. (NO)
11 Alusão ao Instituto Butantã, em São Paulo (SP), tradicional laboratório que fabrica soro antiofídico.

anatol 'on the road'

O mais interessante são os enormes rebanhos que digerem com preferência em lugares onde o automóvel quer passar. Como, com tantos estômagos, a digestão é uma ocupação muito trabalhosa, só costumam dar-se conta do veículo apressado quando são quase atropelados. Levantam--se com as pernas traseiras, depois com as dianteiras, porém no último segundo se assustam e, tomados de pânico, fogem com passos esquisitos. Depois de dez passos, param e voltam a grande cabeça como se nos olhassem com condescendência por sobre os ombros. Segundo a palavra de Schopenhauer, de que a nossa filosofia depende da digestão, o seu jeito exprime resignação estoica e reflexão socrática.

Não se nota, nesse gado, o seu passado tempestuoso. Agora ele está manso e "trabalhado", mas quando ainda não estava assim, deve ter dado muita dor de cabeça aos boiadeiros. Muito boi que, atualmente, está ruminando sos-segadamente a grama, quando ainda era touro, terá instigado o rebanho inteiro a estouros pânicos, até que o comprido laço de um *cowboy* o alcançasse. Ao luar e ao som abafado das cornetas, voluptuosamente seduzido pelos sais delicio-sos, ele se acostumou aos homens, cercas e currais, não sem se submeter a uma propaganda constante. Depois foi cas-trado e ficou um digno boi no seio da boiada. Finalmente, os rebanhos são levados, em marchas forçadas, durante meses, às vezes também pela estrada de ferro, geralmente porém em trote, fazendo de 50 a 60 quilômetros por dia, sempre

memórias de um certo viajante

rodados pelos boiadeiros. Chegados a Barretos (São Paulo), ou expiram logo ou são levados ainda mais para o leste, onde os espera um fim certo como carne congelada.

Frequentemente acontece que a gente passa a noite ao ar livre. Lembro-me de uma estadia noturna perto do rio Itá que, a cerca de 20 quilômetros de distância de Ponta Porã, corre por entre o mato cerrado com as suas águas frias e impetuosas. Naquela vez, não podíamos prosseguir a nossa viagem porque um dos pneus arrebentara de maneira desesperadora e não havia outro. Isso ainda acontecera à luz do dia, e como estava muito quente tomei, em companhia de um sargento da unidade de cavalaria estacionada em Ponta Porã e de outro companheiro, um banho no rio. O riozinho é estreito, raso e seu leito cheio de rochas. Deitamo-nos gostosamente, deixando a cabeça fora da água. De repente, apareceu sobre seus pés chatos o ônibus, que parara a quase um quilômetro de distância, por cima de nós, na ponte de madeira onde o motorista o parou definitivamente. Os passageiros, entre eles também duas professoras jovens, nos saudaram alegremente, inspecionando o nosso banho com grande interesse. Nós os saudamos igualmente, maldizendo em voz alta o motorista – o que, porém, ninguém ouviu, pois o barulho do rio era mais forte do que as nossas vozes. Nesse ínterim, o maldito abriu caminho por entre os arbustos e apareceu na margem com uma lata para buscar água. Gritamos-lhe que levasse a maldita jardineira a fim de que nós

anatol 'on the road'

pudéssemos chegar até às nossas roupas. Mas ele parecia não entender, pois agitou alegremente a lata e sumiu-se no meio dos arbustos. Batendo com os dentes, olhamos para cima e encontramos os amáveis olhares das professoras que, ingenuamente, inclinavam-se sobre a balaustrada e nos gritavam qualquer coisa incompreensível. Lançando olhares saudosos para nossas roupas que estavam dependuradas perto dos arbustos, desenvolvíamos planos estratégicos. Por fim, o sargento de cavalaria ofereceu-se para fazer um verdadeiro sacrifício de soldado. Ele se levantou lenta e quase ameaçadoramente, arreganhando os dentes, furioso. Parecia que ele começava um ataque de cavalaria. Quando a água lhe chegou somente aos quadris, as professoras desapareceram como que atingidas por um relâmpado e nós nos precipitamos, com os lábios azulados, para as nossas roupas.

Esperávamos em vão por um caminhão que nos pudesse levar até Ponta Porã. Do mato que margeia o rio surgia, vagarosa, a noite; o tempo passava e uma esplêndida lua cheia emergia lentamente da rede do matagal. A noite estava doce, nuvenzinhas de prata voavam graciosamente sob o céu. A selva aproximava-se, de repente, por sobre nós, as nossas conversas pararam, o rio murmurava mais alto e incansável. Uma selva noturna, em Mato Grosso, não é coisa muito sossegada. Tem-se a impressão de que, a qualquer instante, algo terrível poderá sair de suas sombras. O silêncio do universo parecia dormir por entre as árvores sinuosas. Agora

memórias de um certo viajante

ele acordava e se aproximava, silencioso, como um felino, de nós, com passos furtivos. A lua surgia num lago argentino de luz e as finas silhuetas da ramagem bizarra apareciam, como que desenhadas a carvão, no fundo pálido. Subitamente, uma árvore gigantesca é iluminada intensamente, tal como um artista que, no palco, é apanhado pelo holofote. Mais longe aparece uma segunda, um fantasma pálido. Outras aparecem, magicamente regadas pela fonte luminosa. Era como se a lua passasse em revista um regimento de mortos. Vaga-lumes em grande número ziguezagueavam pelo espaço e, às vezes, eu ficava em dúvida se eram estrelas que caíam ou insetos em jogo amoroso.

A paisagem era bonita, mas nós todos estávamos mortalmente cansados e pensávamos na paisagem doce de uma cama branca e gostosa. A situação parecia desesperadora – no entanto, realizou-se um milagre. Sem que tivesse sido oferecido um reino, apareceu um cavalo sobre o palco. Não era um cavalo poético, alado por minha fantasia, mas um cavalo real, que produzia a impressão de um bem-estar satisfeito, como se estivesse aproveitando o arzinho gostoso num passeio de digestão. Eu não teria estranhado muito se ele estivesse limpando os dentes com um palito. O nosso amigo da cavalaria, pela segunda vez, entrou em função. Agarrou o cavalo, selou-o com uma capa de gabardina emprestada, enfreou-o esplendidamente com algumas cordas e partiu voando, com rédeas

anatol 'on the road'

caídas. Quatro horas mais tarde, veio um caminhão que nos levou, com a bagagem, para Ponta Porã, enquanto o motorista ficou com o carro, compondo provavelmente uma mitologia sobre os pneus.

O nosso destino só se chama Ponta Porã na parte que pertence ao Brasil. Do outro lado da fronteira chama-se, se não me engano, Pedro Juan del Caballero. "Porã" significa, em guarani, bonito, enquanto que "Ponta" é palavra portuguesa. Disso segue-se que, nessa cidade, se entendem três línguas: guarani, português e espanhol. Usam-se todas as três, porém o guarani é geralmente falado em círculos da população índia.

Quando se alcança a cidade, vê-se primeiramente o hospital, um prédio moderno e bonito, do qual me contaram que, em virtude do clima salubre, sofre de desolação crônica. Um habitante me declarou que, em Ponta Porã, só se morre de calibre trinta e oito. Mas isso é, evidentemente, exagerado. Em frente ao hospital fica o cemitério e, a poucos passos, estende-se o aeródromo – uma disposição à qual um profundo sentido prático não pode ser negado.

A rua principal da cidade chama-se Avenida Internacional, e a fronteira entre o Brasil e o Paraguai corre no meio dessa via, que é um pouco mais larga do que a Avenida São João, em São Paulo. A passagem de fronteira processa-se desejando-se ao soldado brasileiro cortesmente um "Bom dia!", "Boa tarde!" ou "Boa noite!", conforme a hora. Do outro

60

memórias de um certo viajante

lado, nunca vi soldado paraguaio, porque o vizinho confia completamente nas intenções pacíficas do Brasil.

Ponta Porã é, dentro das fronteiras do Brasil, uma cidade limpa e bonita, com largas ruas modernas e casas agradáveis. Transpondo-se, porém, a fronteira, a gente se vê, com surpresa, numa aldeia pobre, na qual aqui e acolá se erguem choupanas de madeira sobre a relva, entre lagoas e lama. Sobre os campos passeiam dignos bugres, cobertos de ponchos vermelhos, mulheres a cavalo que, com a criança nas costas, vão para a fronteira a fim de fazer compras. Pois do outro lado da fronteira há muito poucas lojas, e também essas parecem despertar apenas o interesse dos estrangeiros, conquanto se possam comprar lá artigos cosméticos de origem francesa por preços relativamente baratos. Toda vez que vou a Ponta Porã, levo uma lista de pós-de-arroz e perfumes franceses que amáveis senhoritas em Campo Grande pretextam precisar muito, enquanto que, a meu ver, poderiam passar muito bem sem qualquer aparelho cosmético. Por 150 pesos (dez mil réis) compram-se lindíssimos *pañuelitos*, lençozinhos de seda chamados *nhandutu* em guarani, os quais as índias sabem fabricar com finíssimas composições de cores e deliciosos desenhos.

A vida comercial do lado brasileiro é muito intensa, havendo muitas lojas que costumam efetuar suas compras no Rio e em São Paulo. A maior loja, que talvez tenha

anatol 'on the road'

um estoque de milhares de contos de réis, pertence a um gaúcho hospitaleiro. Ele, entre outros artigos, também trabalha, em larga escala, com mate, e eu ouço classificá-lo como "negociante real" da velha escola. Contou-me, um dia, melancolicamente, que em doze meses vendeu quatro enxadas e trezentos e oitenta violões. Essa censura jocosa decerto é injusta, pois não falta esforço, mas braços que cultivem a terra. O que o boiadeiro pode fazer com a enxada? O fenômeno mais raro no Estado de Mato Grosso é o homem. Há muitas coisas em abundância: caça, peles, diamantes, mate, madeira, gado — há até cana de açúcar, arroz e mandioca, e não sei o que mais. Exceto nas cidades, porém, é muito mais fácil encontrar um diamante do que um homem.

A parte dos divertimentos familiares que pode ser frequentada por menores acha-se do lado brasileiro. Quem do lado de lá quer ver o último *farwest*, deverá passar a fronteira e pagar vinte e cinco pesos pelo ingresso. Sorvete, água mineral, bilhares — tudo isso até há pouco tempo estava monopolizado nas mãos de um único homem, até que um espanhol que, no outro lado, possuía um pequeno bar, começou a brigar com as autoridades paraguaias, ou essas com ele, e ele se mudou para Campo Grande. Logo depois, veio um moço do Rio de Janeiro, provavelmente por motivos semelhantes, transpôs a fronteira em sentido oposto e resolveu aumentar o bar. Fez isso com relativo sucesso, tirando ao seu patrício deste lado o monopólio

memórias de um certo viajante

e fundando um diapólio. Fica sentado no seu bar e olha com saudade para a fronteira. Por certo, à vista da Avenida Internacional ele pensa na Avenida Rio Branco e faz comparações melancólicas...

CORUMBÁ, A CIDADE BRANCA[12]

Vista de avião, parece Corumbá uma ilha de ruas e casas brancas em meio duma ilha de rochas verde-brancas, dormindo nos braços d' água do rio Paraguai, que inunda a terra até o horizonte e a transforma em pantanal. Quem se aproxima da cidade com o pequeno vapor fluvial, lembra--se involuntariamente da Bahia. Naturalmente, isto não é Salvador, abraçada pela baía imensa. Mas como lá, só que em escala minúscula, há em Corumbá uma "cidade baixa", onde está localizado o "alto comércio", e uma "cidade alta", com "comércio baixo", ou a varejo. Ainda no vapor, a gente enxerga lá em cima a esplêndida avenida de palmeiras que,

12   De 3/11/1943.

memórias de um certo viajante

neste clima, brotam com facilidade invejável da terra, dançando ao ritmo do vento quente.

Seria provavelmente difícil encontrar uma outra cidade na qual natureza e civilização se entrelaçassem tão intimamente, combatendo-se, no entanto, com tanto ardor. Pequena demais para vencer a natureza e viril demais para entregar-se a ela, Corumbá está no limiar exato entre disciplina humana e moleza entorpecida, entre a ação criadora e o abandono ao clima tropical. A civilização leva uma vida apertada em Corumbá e o homem é cada dia, novamente, forçado a lutar contra a natureza ao redor e com a natureza dentro dele para não virar planta, assimilando-se vegetalmente ao vento, ao sol, às chuvas e à terra, vivendo ao bel prazer do clima e das forças telúricas.

O estilo de vida de uma cidade tropical, construída sobre rochas de cal escaldantes e cujos dias são devastados por um sol furioso e cujas noites parecem cavernas fechadas, ressoando ao zunir de nuvens de mosquitos – naturalmente, é diferente daquele de zonas climaticamente mais moderadas. Os representantes mais típicos do estilo de vida tropical em Corumbá são os changadores (carregadores), que antes de aceitarem um serviço costumam perguntar se as malas não são muito pesadas. Outro representante típico é aquele comerciante que, num belo dia, às três da tarde, achou que "o negócio me vai até aqui" – fazendo um gesto significativo com a mão horizontalmente estendida embaixo

anatol 'on the road'

do queixo. Dito isto, ele fecha a loja e vai para casa. E até o inglês que, no primeiro ano, costumava correr apressadamente pelas ruas batidas pelo sol e, pasta de couro amarelo debaixo do braço, vestido com um terno de casemira inglesa, até aquele inglês passa agora, no segundo ano, a maior parte do dia balançando-se meio adormecido no berço bamboleante de uma rede, armada no jardim do hotel de quarta categoria, cochilando ao som sonolento de um violão, tocado por um mestiço que está sentado de cócoras, encostado a uma árvore. Ele veste agora apenas uma camisa, aberta sobre o peito loiro, e uma calça de linho amassada. E o cachimbo apagado, escorregado pela boca molemente aberta, descansa na terra. Visivelmente, ele está longe de pôr, para cear, a casaca.

Tanto mais estupendo e admirável é o fato de haver progresso em Corumbá e uma vida densa, febril, agitada. Isto não quer dizer que o corumbaense coma hoje melhor do que antes. Como antes, não há carne comestível numa das principais cidades de um Estado (Mato Grosso) onde os bifes crescem, por assim dizer, nas árvores; nem há frutas, nem verduras, nem legumes, nem leite e os ovos são preciosos como os diamantes, porém mais raros. Nem quer dizer que o forasteiro more agora melhor do que antigamente. Os hotéis acessíveis ao bolso de um mortal comum são piores do que os mocambos, os quais o governo manda queimar nas favelas do Rio e no pantanal perto de Recife. No entanto, nesses hotéis paga-se

memórias de um certo viajante

mais do que num hotel relativamente luxuoso de Ribeirão Preto, Campinas ou Uberaba.

O progresso que atacou Corumbá como uma febre talvez purificadora é, por enquanto, de outra espécie. Corumbá, a ilha minúscula na vastidão do pantanal do rio Paraguai, que parecia quase esquecida no seu abandono tropical, está fazendo negócios. O dinheiro corre como nunca. Os preços sobem como bambu ou como o mercúrio no termômetro, da noite para o dia. Ganham-se cobres como que por encanto. E o milagre não se realizou por ter sido encontrado ouro ou petróleo, nem se poderia dizer que a guerra tenha sido a causa principal desse *boom*, que pegou como uma epidemia. Uma das causas é a posição privilegiada de Corumbá, perto da fronteira da Bolívia, posição essa cujas possibilidades se tornaram evidentes em virtude da construção da estrada de ferro que ligará os dois países vizinhos e que, num futuro talvez não muito remoto, unirá o Atlântico ao Pacífico. A comissão mista encarregada da construção tem a sua sede em Corumbá. Outra causa é a evolução rápida e enorme da aviação comercial, cujas grandes linhas transcontinentais (Cruzeiro do Sul, Panair, Panagra) fazem escala na cidade.

O progresso da "cidade branca" é um milagre de tráfego, de causas geográficas e técnicas. É como se ela fosse uma espécie de Branca de Neve tropical, adormecida sob o "feitiço dos Trópicos" e despertada pelo beijo principesco do progresso técnico (de consequências ambíguas como

anatol 'on the road'

qualquer beijo e qualquer processo). Temos a esperança de que, como resultado desse progresso, futuramente comer--se-á e morar-se-á melhor na cidade.

Entrementes, as lojas aumentam, multiplicam-se. Inaugura-se um novo cinema. Constrói-se uma torre com um relógio elétrico que apita as horas, interrompendo a sesta no mormaço da tardinha e ensinando aos cidadãos sonolentos que o tempo é uma matéria-prima preciosíssima, mesmo quando não produz outra coisa se não juros. E edifica-se, graças ao Bom Deus, um prédio moderno para um novo hotel, cujo aluguel é tão caro que ninguém tem coragem para tomar conta dele. Quem, por enquanto, queira morar bem, hospeda-se no hotel da Panair, que cobra oitenta cruzeiros pela diária. Mas isso só serve para os americanos da Rubber Company, que voam por aí em negócios de borracha. O que é que fazem, porém, os missionários americanos, coitadinhos, que distribuindo folhetos de conteúdo bíblico passeiam pelas ruas aos grupos, em companhia de oficiais da aviação americana, seguidos pelas pálidas esposas que desprezam o batom, destacando-se estranhamente das cores quentes e variadas das moças brasileiras? E o que é que fazem, também, os bolivianos que vêm de La Paz, Cochabamba e Santa Cruz de La Sierra e que não possuem dólares, mas apenas pesos de não muito peso? E aquele casalzinho − aquele casalzinho num sentido amplo − de artistas mexicanos que espera, há duas semanas, o avião para o Rio de Janeiro onde

memórias de um certo viajante

dançarão ou cantarão no cassino e cujo guarda-roupas contém duas camisas e uma calça e duas blusinhas e uma saia? Todos eles: o que fazem? Eles superlotam os hotéis de quarta categoria e fazem subir os preços das diárias. Moram em mocambos e pagam trinta cruzeiros por dia, aproximadamente o dobro do que se paga nos melhores hotéis do interior de São Paulo e Minas Gerais.

Sabatistas, baptistas, metodistas, adventistas e espíritas enchem o ar com variados acentos do inglês, castelhano e português, envolvendo-se em discussões violentas a respeito da questão transcendente do dia de descanso, fixado por Deus depois de construído o universo. Não chegam a um acordo se é o domingo ou o sábado, e parece que, por via das dúvidas, descansam a semana inteira. Os últimos recursos da argumentação são citações da Bíblia. Novos escolásticos da Idade Média, baseiam eles o seu pensamento sobre os alicerces da Revelação, de acordo com a qual o sol gira ao redor da terra, mas no entanto servem-se, para viajarem, de aviões, produto da ciência, segundo a qual a terra gira em torno do sol. Talvez eles pensam como aquele árabe, que perguntou a um inglês sobre qual seria a força que haveria de segurar um avião no ar. "Gasolina!", respondeu secamente o inglês. "Não!", replicou serenamente o árabe, "Alá!".

Os descendentes católicos dos árabes, os sírios e os libaneses, que predominam no comércio de Corumbá, naturalmente têm uma opinião mais ocidental. Como aquele

anatol 'on the road'

inglês, eles são crentes da gasolina que, no caso particular, também pode ser chamada de gaita, prata ou, simplesmente, dinheiro. Não é preciso ser um puritano calvinista – apesar da teoria de Weber –, nem sequer judeu, a despeito de Sombart, para se fazer capitalista. Basta ser um sírio católico e se acumulará, dentro de pouco tempo, o capital suficiente para montar uma fábrica de seda em São Paulo. Não sabemos se este é o sonho dos sírios de Corumbá que os impulsiona para um trabalho tão agitado, exaustivo e, por assim dizer, dionisíaco e coribântico – num clima em que, mesmo um puritano inglês, prefere o doce descanso na rede. Em todo caso, eles são um elemento cuja vitalidade imensa e violenta provoca uma sacudidela meio admirada e meio aturdida do observador neutro. A uma pessoa de instintos relativamente normais, aquela batalha quotidiana, envolta em suor, atrás da trincheira do balcão, levada adiante com a arma do metro, parece ser o método mais seguro de suicídio por meio de um colapso de insolação. Qualquer que seja a mola que os move – o sonho de uma fábrica de seda em São Paulo, o prazer do trabalho, *l'art pour l'art*, ou simplesmente o espírito de concorrência, de qualquer maneira eles representam um fator importante no progresso geral da cidade.

Os changadores, ao contrário, são por demais quietistas para contribuírem para um progresso de qualquer espécie. Eles são *Je m'en fichistas*[13]. Inconscientes da sabedoria medieval de que são expoentes (sabedoria inconsciente da

memórias de um certo viajante

espécie, como diz Aldous Huxley), seguindo apenas o instinto tropical, carregam durante duas ou três horas (com intervalos, naturalmente) malas de peso selecionado, carregam-nas na cabeça, que nada sabe da filosofia que eles representam. Visivelmente, aceitam o trabalho como um castigo mandado por um Deus furioso, não como a essência da vida. No fundo, eles, os carregadores, são aristocratas, pois desprezam o trabalho. Depois de terem carregado durante duas ou três horas as malas mais leves encontráveis em Corumbá, eles descansam na sombra, rolando um cigarro de palha e, finalmente, dirigem-se a passos lentos e despreocupados para casa: ganharam hoje o bastante para viverem até amanhã. Qualquer que seja o "Alá" que eles adoram, Ele não os deixará cairem, mesmo se a gasolina acabar.

13 *Je m'en fiche* (pouco me importa, tanto faz).

AO SOM DO RIO PARAGUAI[14]

Já deixamos Corumbá, a cidade branca, para trás. Parecia que a cidade não queria largar o nosso naviozinho, e vice-versa. Ainda por quatro horas fizemos voltas em torno das luzes cintilantes de Corumbá que, quando partimos, achavam-se bem em cima de nós e que, quatro horas depois, estendiam-se não muito longe ainda, mas bem debaixo dos nossos pés. Dificilmente se pode compreender por que o rio não se joga, pelo caminho menor, diretamente sobre a cidade, engolindo-a, em vez de bailar em curvas melodiosas pelos vastos campos, descendo lentamente até chegar à cidade para abraçá-la mansamente e seguir a sua viagem

14 De 15.6.1942.

memórias de um certo viajante

através das distâncias enormes que ainda tem de percorrer
– sempre girando como um poeta que tomou muita cachaça
e que dança como tonto, ébrio pela paisagem gigantesca,
branca sob o luar. Dir-se-ia, poeticamente, que o rio se
apaixonou pela cidade, caso não constasse que o rio já estabeleceu esse passo coreográfico milhares de anos antes de surgir
Corumbá, e já antes, mesmo, dos tempos em que os alemães
eram, de fato, uma raça pura e pulavam, de uniforme pardo,
nas árvores, erguendo os braços apenas para bater no peito
felpudo, e em vez de marcharem em passo de ganso dançavam
aquela velha dança que já caiu da moda, mas que voltou novamente: o Orango-TANGO.

Os dias se passam como um bocejo sem fim, como elástico do bom, a três mil réis o metro. É uma vida indolente
dentro da música dolente do rio dormente. Nos camarotes
abafados o ar ferve no mormaço das tardes, é como uma geleia
venenosa que se prende nos membros e que pesa nos ossos e
músculos. À chama do sol, sem misericórdia, vibra a atmosfera e treme como as asas de uma ave em agonia. A viagem
seria uma delícia se não houvesse o calor e os mosquitos. O
calor é daquele jeito: a gente se sente como um bife assado no
próprio molho. Com o tempo, até a nossa alma vira alma de
um bife, pois de acordo com o panteísmo de Spinoza, também os bifes devem ter uma alma. Eu transpiro a minha alma
imortal pelos poros e ela se evapora e se mistura com o universo. Tomo litros de Guaraná para substituir a minha alma

anatol 'on the road'

perdida. Objetivamente, é só a temperatura, mas subjetiva-
mente é uma tragédia.

E ainda os mosquitos! Você não pode imaginar isso;
nem Dante o poderia. Esses bichos não mordem: eles jogam
lanças que penetram através de tudo, mesmo através da cou-
raça de um tanque pesado. Eles aparecem, avisados pelo
serviço de informação, em formações cerradas e escolhem
a vítima premeditadamente. Em geral, sou eu a vítima, pois
sou uma novidade nesta zona, com pele bem branquinha,
carne macia e sangue pouco enfraquecido, o que é uma verdadeira gostosura. Francamente, sou uma atração. Sinto-me
como uma mulher duvidosa que aparece pela primeira vez
numa cidade pequena, faz o primeiro passeio e sente aquelas
cócegas finas nas ancas que mexem debaixo da saia de cetim
cor de laranja, pois toda rapaziada grã-fina da cidade prega
os olhos naquele lugar sublime e assobia baixinho por entre
os dentes. Se eu não tenho esse *dose-appeal*, pelo menos
atraio os mosquitos. Estes são, objetivamente, apenas uma
espécie zoológica como toda gente (menos eu), porém sub-
jetivamente são o inferno.

De noite, reunida no "salão", em torno da mesa com-
prida ao ar livre, toda a turma executa um ritmo estranho e
doloroso. De longe pode parecer que se trata de uma sessão
de espíritas loucos, caçando espectros invisíveis. Realmente,
porém, eles não caçam, mas coçam as picadas danadas dos
mosquitos, em atitudes as mais torturantes e desesperadas,

demonstrando uma flexibilidade dos ossos sem par. O único que fica alheio a tal serviço noturno é um velho fazendeiro, o Bastos, figura magra, verdadeira carne seca ambulante. Os mosquitos desprezam-no. E ele, por sua vez, contempla o nosso jogo movimentado com um certo desprezo que, contudo, não deixa de estar misturado a um pouco de saudade e ciúme, como se quisesse dizer: "Quando eu era moço, não havia mosquito que não chupasse gostosamente o meu sangue. Era eu o preferido".

O navio para (este é o quinto dia). Há um lugarejo na margem esquerda. São uns dez casebres, há o banzo dos pretos, coco, ribombo de bombo, o pessoal colorido, ornado de miçangas, vem correndo saudar-nos. Macacos e papagaios gritam nas árvores, há cheiro de peixe e água morna, pelo rio abaixo nadam pequenas ilhas soltas, de grama, o sol brilha no espelho do rio e as sombras e luzes dançam nas paredes do barco, imitando os quadros de certos impressionistas franceses. Índias, com os cabelos escorridos, lavam roupas à beira do rio.

AS amazonas De cuIaBá

Condensado de um capítulo da condensação do livro
O Mundo que Eu Não Vi[15], por Vicki Baum-Ast,
cujos direitos foram adquiridos pela Metro
pela importância de $ 51.000,00, mil dólares a mais
do que O Vento Trouxe, para La Mitchell.

Cuiabá, capital do Estado de Mato Grosso, tem o privilégio de possuir moças numa quantidade desproporcional, comparada com a dos rapazes. Não conheço os números exatos, mas dizem que há duas ou até três Evas para cada Adão. Esta preponderância não pode deixar de chamar a atenção dos forasteiros, os quais, em caso de serem solteiros de fibra, se veem na emergência de se amarrarem, qual um novo Odisseu, no mastro da sua convicção celibatária

---

15 O caráter parodístico dos textos semificcionais e cronísticos que se seguem é desenvolvido desde logo pelo autor nos títulos e subtítulos, que lançam mão de transcrições deturpadas de nomes de obras em voga na época e que, como tais, falavam imediatamente ao leitor de então.

memórias de um certo viajante

para não sucumbir à sedução das sereias. Ali, cada olhar é uma ária e cada passo é fatal.

A chegada do modesto viajante, de navio fluvial ou de avião – pois não há estrada de ferro – a uma cidade perdida na vastidão de um Estado imenso, causa uma espécie de sensação, e as mocinhas selecionam os recém chegados, comparando a relação de seus nomes, publicados no jornal, com a do livro de hóspedes exposto no melhor hotel da cidade. Um forasteiro, numa das pequenas cidades do sertão de São Paulo, mal é percebido, pois toda a cidade é uma aglomeração de forasteiros. Cuiabá, porém, é uma cidade velha, cujos habitantes lá são radicados há gerações, com costumes definidos e pregnantes, com tradições próprias, dignas e cheias de um senso democrático natural e encantador. Há a parte velha da cidade, com ruas spitzweguianas, sinuosas, becos sem saída com casas tortas, canais que só de noite despertam para uma vida sombria, mágica, e cujo único defeito, para torná-los perfeitamente horripilantes, é que não costumam neles aparecerem cadáveres boiando vagarosamente com um punhal enterrado nas costas. Esta parte, contudo, rima-se estranhamente com a cidade nova, de avenidas largas e prédios modernos, bairros limpos e exemplares; um hotel de construção recente acena convidativamente para o viajante cansado, nem se falando do cinema esplêndido que, há poucos meses, foi inaugurado com o filme de Betty Davis: *A Noiva Caiu do Céu*, fita essa

anatol 'on the road'

que passou em Cuiabá antes mesmo de ter passado no Rio e em São Paulo.

O que em Cuiabá deveria cair do céu não são, porém, as noivas, mas os noivos. Quanto às noivas em estado potencial, estas pululam na terra. O fato é que, não só os corpos celestes se atraem de acordo com a lei da gravitação; também a atração de uma moça obedece a uma lei semelhante que se pode, com Newton, formular assim: "A atração de uma moça é proporcional ao peso do seu próprio 'it', e inversamente proporcional à quantidade do 'it' oferecido pela concorrência".

E há tanto *it, comph (sic!)*, *glamour*, charme e *sex-appeal* em Cuiabá, que até mesmo os forasteiros, depois de dois dias de estadia, se cansam, podendo desamarrar-se sem perigo do seu mastro ideológico, nem se falando dos indígenas que se apaixonam pela primeira americana que aparece medindo 1,85 m de altura, uma espécie de arame farpado ambulante, caminhando com a Bíblia na mão, metodicamente, a passos largos, pelo jardim, um negativo fotográfico das belezas de Hollywood.

A superioridade quantitativa se reflete até nos costumes de namoro — aquela delicada relação entre dois entes brasileiros de sexos diferentes que um estrangeiro, venha ele de onde for, nunca conseguirá compreender por completo. Mesmo o *footing* no jardim é diferente, pois se em geral os rapazes grã-finos se enfileiram à beira do passeio para

memórias de um certo viajante

deixarem passar as moças e para dirigirem a elas os costumeiros gracejos e elogios, dá-se em Cuiabá, frequentemente, o contrário: as moças ficam encostadas às árvores ou sentadas nos bancos e brincam com os rapazes que passam.

Quem, porém, pensa que essas amazonas, pela atitude liberal, sejam menos virtuosas, engana-se redondamente. As consequências terríveis desse engano experimentou o representante de um laboratório, mocinho bonitinho de bigodinho lustroso e de cabelos tão bem engraxados que sua cabeça, de noite, certamente costuma patinar sobre o travesseiro. Esse mocinho dirigiu, durante o *footing*, gracejos tão fortes às moças que estas conspiraram entre si, secretamente, resolvendo pregar uma peça naquele que ofendera a sua honra. Na outra noite, quando o mocinho novamente se deleitou com indiretas ambíguas, viu-se ele repentinamente abordado por duas Pentesileias troncudas, e antes mesmo de ter tomado uma atitude defensiva, já estava cercado por um exército de amazonas que, paulatinamente, se movimentava, com o rapaz no meio, numa certa direção. Aos empurrões, levemente ondulando, logo avançando e em seguida retrocedendo, coberto por uma nuvem de gritos e risadinhas, lá seguia a turba, aproximando-se perigosamente do bassin[16] da fonte no meio do jardim. Quanto ao Aquiles, esse nem sabia o que estava

16 Tanque, ou fosso com água (do francês).

anatol 'on the road'

acontecendo. Meio puxado e meio entregue, como no poema do clássico adversário de Kleist, ele foi irresistivelmente levado até à beira do bassin. E finalmente, depois de uma ondulação, o infeliz submergiu no elemento líquido. É que as Pentesileias de Cuiabá são gurmês. Antes de devorarem o seu Aquiles, elas preparam a vítima, saborosamente, com molho da fonte do jardim.

Cena de sangue em Ponta Grossa

Condensado da condensação do livro: Pode a Literatura
Tratar destes Assuntos?[17], *por W. C.*[18]
Tempo de leitura: perdido.

No seu célebre livro *Ulysses*, dedica James Joyce duas páginas a um assunto que, geralmente, não é considerado como digno da literatura. Aldous Huxley, num dos seus livros, diz que a literatura pode tratar de tudo, mais ainda: ela tem a obrigação de tratar de tudo, também dos pormenores que parecem insignificantes e que, no entanto, podem assumir uma importância poderosíssima nos acontecimentos, relações e estados da vida. Qual a novela que descreve o herói com má digestão? Um enredo trágico! Uma simples constipação pode aniquilar o suave começo de um

---

17 Ver nota, p. 76.
18 Trocadilho com "W.C.": *water-closet*, em inglês: sanitário, latrina.

anatol 'on the road'

eventual grande amor que, por tão fútil motivo, nunca passa dos primeiros suspiros e dos primeiros olhares e olheiras profundos.

As grandes tuberculoses fatais, as malárias fúnebres, febres amarelas, pestes bubônicas, cóleras epidêmicas e, recentemente, as anginas *pectoris*, principalmente quando fulminam na paz noturna de um cemitério rural (ver Charles Morgan), essas doenças, por assim dizer, brilhantes e vistosas, são consagradas pela alta literatura. Hoje em dia é quase uma vergonha, um símbolo de mediocridade, não morrer de tuberculose. Um câncer de estômago já não oferece sintomas tão expressivos, tão retumbantes e tão rítmicos, sem mencionar hérnias, doenças de fígado, rins, bílis e bexiga. Nunca um escritor deu-se ao trabalho de descrever, numa obra-prima, um Romeu com hemorróidas ou uma Julieta com espinhas. E, no entanto, o Instituto Gallup, num dos seus inquéritos de alcance transcendente, verificou que 98% das mocinhas de 15 a 55 anos preocupam-se com o problema das espinhas!

Voltando, porém, ao assunto, tratado pela genial pena de James Joyce com naturalidade cativante, não posso deixar de me lembrar do meu velho barbeiro de Ponta Grossa que, diariamente, com tanta firmeza associada a uma delicadeza quase angélica, livrou-me dos sinais de minha descendência macaquesca. Tinha ele o costume de contar histórias durante a execução de tão perigoso trabalho, histórias vividas por ele

memórias de um certo viajante

mesmo. Aquela que se relaciona com James Joyce ou com as duas célebres páginas é a seguinte.

Atravessando, já lá se vão muitos anos, um certo trecho de fronteira, de navio, numa lagoa que separa o Brasil da Argentina, na companhia de uma filha de duas primaveras, ele se viu, de repente, em face de um grave caso. Aconteceu que a criancinha, acometida por uma necessidade fisiológica de primeira importância, ingenuamente cedeu ao impulso poderoso e fez aquilo que o grande escritor irlandês descreveu em duas páginas majestosas, num inglês admirável pela pureza de expressão e pela sonoridade dos adjetivos. Meu barbeiro, percebendo a que ponto chegara o estado das coisas, viu-se na emergência de agir. Embora constrangido por ideias de higiene, obedeceu ele ao instinto de economia e fez da peça maculada um embrulho, colocando-o cuidadosamente em cima de uma das suas malas. Chegando ao outro lado da lagoa, o navio foi tomado de assalto por uma turma de fiscais aduaneiros que logo se dispuseram a examinar as malas dos viajantes. Quando chegou a vez do nosso barbeiro, dirigiram-se os agentes, com o faro especial que os distingue, imediatamente ao embrulho. Não prestaram a mínima atenção às malas. E perguntaram à queima-roupa:

— O senhor não tem nada a declarar?

— Não — foi a firme resposta.

— E o que contém este pequeno embrulho?

anatol 'on the road'

O barbeiro ficou um segundo calado – o bastante para despertar suspeitas as mais sérias.

– Então o embrulho não contém nada de especial?

– Realmente – gaguejou o coitado – é apenas roupa suja.

– Isso é o que vamos ver! – exclamaram os homens da alfândega triunfalmente, e começaram a desamarrar o pacote.

Nesse instante, rebentei numa gargalhada tão forte que, em virtude do estremecimento do meu queixo, a navalha me feriu. Foi a primeira vez que o mestre me cortou. E, assustado, cortou também o fio da história. E eu nunca pude saber o fim dela.

Mas por aí se vê que uma coisa tão natural, tão insignificante e, por assim dizer, cotidiana, pode acabar numa cena de sangue.

MEU TIPO INESQUECÍVEL

Extraído da condensação do livro: Rebekka,
O Sorvete Inesquecível[19].

Tempo de leitura: Dois minutos em vez de duas semanas

Foi em Corumbá, às margens do Rio Paraguai, num dia tão quente que mesmo as leis da física se dissolveram. Naqueles dias de verão, os fósforos andavam por aí, no chão, a cinza dos cigarros movia-se contra o vento que parecia sair de um alto forno, e mesmo os cabelinhos nos braços da gente demonstravam uma tendência rebelde de correrem para cima e para baixo. De noite, as baratas voavam contra a cabeça até do prefeito, e os besouros caíam zunindo, durante o jantar,

---

19 Ver nota, p. 76.

anatol 'on the road'

na sopa, espalhando gotas felizmente não gordurosas sobre o terno de linho recém-lavado.

Naquele dia, eu saí às nove e meia da manhã da minha tenda de hotel e, depois de ter espremido no chuveiro umas gotas de borracha líquida, fui ao jardim do hotel tomar café. Encontrei na mesa um boliviano de cor verde-oliva, homem compacto, baixinho, com olhos brilhantes e bigode tipo escova de dentes, que justamente derramava manteiga amarela sobre uma fatia de pão. Ele me recebeu com visível satisfação, exclamando:

— Mais um que não gosta de levantar cedo!

— É que dormi mal — repliquei bocejando. O meu mosquiteiro tem, entre os buracos previstos, alguns que não estão previstos, e os mosquitos, em vez de não poderem entrar, depois que entram não conseguem mais sair.

— Ué! — disse o homem. O senhor então se incomoda com pernilongos? Vejo que é novo na zona.

— Já me acostumei às picadas. Mas não consigo me acostumar à música. É uma música infernal. E o pior são os intervalos. Mosquito quando não canta, chupa.

— E o que é que tem? É que você não é idealista — disse o meu companheiro brandamente, tomando um gole de café. A essência do verdadeiro idealismo é considerar o mundo como espiritual. A matéria é apenas uma imagem mentirosa, um fenômeno sem realidade. Tudo, em essência, é espírito: o senhor, as baratas, os mosquitos e eu. De

memórias de um certo viajante

modo que, quando um mosquito pica você, o sangue fica em família.

— É um consolo — disse eu.

— Somos todos irmãos — continuou o idealista. Considero uma barata como parente meu.

— Vi o senhor assassinar, ontem, a barata Abel. O senhor é um fratricida.

— Fiz isso porque ela não sabia a gramática.

— Como?! — perguntei estupefacto. A gramática?

— Isso mesmo. O senhor não deve pensar que eu seja budista. Há uma certa diferença entre uma barata e um ente humano. A diferença está na autoexpressão, isto é, na expressão da própria essência, que é espírito. Ora, uma barata expressa o espírito muito mal, ao passo que eu o expresso melhor. Veja você, a diferença está na estética, é uma mera questão de expressão — de gramática.

— As consequências morais dessa teoria — disse eu —, devem ser interessantes. Se tudo é só uma questão de estética, de expressão...

— Naturalmente — interrompeu o filósofo boliviano —, uma boa ação é aquela que expressa perfeitamente o espírito. É, por assim dizer, uma rima no poema do universo.

— E Hitler? Ele também é uma expressão do espírito?

— Não! — o boliviano levantou a voz. Hitler é o antiespírito. É um demônio. É pior do que um inseto. Esse ainda expressa o espírito, procurando a luz. É uma expressão um

anatol 'on the road'

tanto rudimentar, uma linguagem primitiva; mas não deixa de ser uma expressão. Mesmo um homem mau expressa o espírito, só que ele erra na gramática. É preciso obrigá-lo a ler boa poesia, prosa elegante, para aprender a rimar e a sentir o ritmo do universo. Todo criminoso deveria ser forçado a ler, na cadeia, as obras completas de Érico Veríssimo. Você ia ver como o tal sujeito iria sair mansinho de Sing-Sing. Hitler, porém, é simplesmente uma mancha de tinta. É preciso limpar isso à faca e a canivete.

— Vejo que a sua filosofia é bastante confortável. É uma espécie de cadeira de preguiça à sombra das tamareiras. Resolve tudo num instante.

— Está tudo resolvido — disse o filósofo. Pelo menos neste clima. É que a minha filosofia só serve para os climas tropicais. Ela é exata para Corumbá, mas não para La Paz ou São Paulo. Você vai vestir aqui um terno de casemira? Não. Pois a minha teoria é uma filosofia de linho. Veja: quando quero comer um filé minhão, então mando fazê-lo, ainda por cima à alho e óleo. Quando me dói um calo, não ando. O espírito é eterno, ele tem paciência. Ele não se incomoda se o expresso hoje ou amanhã. Por isso, deixo para amanhã o que posso fazer hoje...

Aqui o meu tipo inesquecível se calou e eu entendi que ele considerava cada palavra a mais um esforço inútil.

Se eu fosse marxista, diria que aquele homem podia falar assim por ser podre de rico. Se fosse racista, diria que

memórias de um certo viajante

uma mistura de sangue índio fez com que ele se tornasse, por assim dizer, indolente. Se fosse freudiano, diria que toda a sua teoria é apenas uma racionalização de uma deficiência física recalcada. Mas como não sou nada disso, acho que ele tem razão – para Corumbá...

Aproveite a minha experiência

Por Woodbridge C. P. Barrow, da Tam Zirconium Opacifiers Company, Inc., Niagara Falls, N.Y., U. S. A., Offices: 313 Broadway, New York City[20]

Como homem de negócios, sou obrigado a viajar muito pelo interior e isso desde a minha tenra infância. Eu verificava, com o tempo, que era muito difícil achar um bom quarto nos pequenos hotéis do interior, pois estes geralmente são reservados para generais, interventores e os viajantes da Ramenzoni. Esse fato me desagradava muito e eu quebrava a cabeça para modificar esse estado de coisas.

Uma bela noite, despindo-me no meu pobre quarto de hotel, esmaguei uma barata que me deixara nervoso pelo seu jeitinho nevrálgico. Deixei o cadáver no mesmo lugar e me deitei com as *Seleções*, ávido por conhecer o progresso

---

20 Ver nota, p. 76.

memórias de um certo viajante

triunfal da filosofia desde Tales de Mileto até Alfredo Rosenberg, um condensado de três mil anos para três minutos. Depois de ter-me inteirado, em 180 segundos, da história da sabedoria humana, dirigi casualmente um olhar ao ponto onde deixara o cadáver da barata. Nada de barata. Sumira o cadáver. Assustado, olhei ao redor. Cadê o bicho? Será que as *Seleções*, na condensação da filosofia ocidental, tinham esquecido de mencionar que baratas esmagadas, com as tripas para fora, costumam passear? Impossível! Olhei mais e percebi que, a poucos metros adiante, moviam-se com rapidez considerável asas, pernas, coxas e outras partes da barata, não porém em conjunto orgânico, mas separadas por certas distâncias. "Isso daria uma boa história para Edgar Allan Poe!", pensei com os meus botões do pijama. Era exatamente meia-noite. Saí precipitadamente da cama, ajoelhei-me e observei o fenômeno de perto. Verifiquei então que eram formigas que, depois de terem seccionado a barata, carregavam as partes para um esconderijo desconhecido. "Nunca hei de me esquecer deste ensinamento!", exclamei no silêncio noturno do meu quarto de solteiro. "O que não se pode levar integralmente, de uma só vez, leva-se em pedaços, aos poucos!".

Logo depois arranjei, por intermédio de um amigo mais viajado do que eu, etiquetas de hotéis do mundo inteiro – da China, Austrália, África, América do Norte e da Europa. Coloquei na minha mala etiquetas da Riviera,

anatol 'on the road'

de Paris, Bombaim, Wai-hu-Tu, Hong Kong e Popocatepetl. Era um esplendor. E agora, sempre que chego a uma cidade, mando levar esta mala, por intermédio de um carregador, na minha frente, ao melhor hotel; demoro-me um pouco na estação ou nas ruas, tomando café ou lendo as *Seleções* no jardim, e só depois é que sigo o carregador. E sempre encontro o melhor quarto já à minha disposição devido à impressão provocada pela minha mala mágica. Uma etiqueta de Hollywood aniquila com facilidade a concorrência de generais, interventores e mesmo dos viajantes da Ramenzoni. É verdade que, quando chego, o pessoal fica decepcionado. Mas então já é tarde: já sou dono do melhor quarto.

E desde aquele tempo, cada vez que tenho que enfrentar um problema difícil, lembro-me das formigas e da barata esmagada.

a agricultura dá resultado?[21]
breve resumo sobre uma fazenda paulista

Acedendo ao amável convite do meu amigo Martin, visitei-o na fazenda onde, há pouco tempo, ele ocupa um posto de destaque. O relatório abaixo e os detalhes técnicos nele constantes eu os devo à entrevista a que o Sr. Martin, assistido por sua esposa, se submeteu gentilmente.

A Fazenda Santa Maria da Fábrica fica a dezoito quilômetros de São Carlos, situada numa altura média de 850 metros. Os 267 quilômetros que separam São Carlos, uma cidade de cerca de trinta mil habitantes, de São Paulo são vencidos em quatro horas e meia pela modelar "Paulista"[22] ao

---

21 De 16.7.1941.
22 Referência à Estrada de Ferro Paulista, que ía de São Paulo a Dracena, perto da divisa com Mato Grosso.

anatol 'on the road'

passo que a jardineira necessita de uma hora para os restantes dezoito quilômetros.

A Fazenda Santa Maria tem uma extensão de um mil alqueires paulistas[23], o que corresponde a cerca de... 10 mil jeiras[24] ("Morgen"). Trata-se, portanto, de uma propriedade rural média, que não se pode comparar com os latifúndios gigantescos de 10 mil e mais alqueires, em Minas Gerais, ou as ainda maiores "fazendas de açúcar" de Pernambuco. A plantação nesse terreno tendo sido, antigamente, quase que exclusivamente de café, nela passaram os proprietários, desde uns vinte anos atrás, a introduzir a cultura do algodoeiro, em proporção cada vez maior — fato esse que torna essa fazenda uma das primeiras entre as que tomaram uma iniciativa dessa espécie. Além das reduzidas plantações de café e da crescente cultura do algodoeiro (150 alqueires plantados com o "ouro branco"), ainda há na fazenda mamona, cujos frutos vemos estendidos, formando uma camada fina, para a secagem no terreiro da fazenda. Do precioso caroço extrai-se o óleo de rícino, na proporção de 45%; como é sobejamente conhecido, é este um dos óleos vegetais mais valiosos que, hoje em dia, é usado não somente para a lubrificação de órgãos humanos rebeldes mas, antes de tudo, para a lubrificação de motores de aviação. Ao lado

23 O alqueire paulista mede 24.200m², sendo portanto a extensão de 24.200.000 m².
24 Medida ou extensão agrária que varia de 19 a 36 hectares.

memórias de um certo viajante

dessas plantações existem ainda as seguintes: arroz, feijão, milho (para fabricação de fubá e como forragem) e mandioca (da qual se faz raspa e polvilho).

Nos terrenos da fazenda vivem cerca de quinhentos homens, mulheres e crianças, pertencentes em sua maioria a três grupos: as famílias dos colonos que trabalham no café; as famílias dos "terceiros", que têm a sua atividade no setor do algodão; e o grupo dos camaradas, em geral solteiros, que ficam à disposição da fazenda para serviços que variam de vez em vez.

Os colonos que trabalham no café recebem, pelo trato de mil pés, duzentos e cinquenta mil réis ao ano. Uma família regular é capaz de tratar de cerca de cinco a sete mil pés. Ela tem, entretanto, uma renda suplementar pela plantação de milho e feijão por entre os pés de café, plantação essa aprovada pela fazenda. A medida do café é o alqueire, não porém a medida comum, correspondente à área de dez acres, mas sim à medida cúbica, que corresponde a cinquenta e cinco litros.

As áreas algodoeiras são arrendadas aos "terceiros", assim chamados porque têm a obrigação de entregar o terço da sua renda, como aluguel, à fazenda, ao passo que os dois terços restantes são vendidos pelo preço da cotação do dia à fazenda, de acordo com o contrato. Na fazenda em questão há cerca de cento e cinquenta alqueires plantados com algodão. Como o nosso informante nos assegura, apesar das

anatol 'on the road'

nossas dúvidas, que o alqueire, aqui, dá a média extraordinária de cento e noventa arrobas, resulta que se colhem, por ano, cerca de 28 mil arrobas, ou seja 420 mil quilos (uma arroba é igual a quinze quilos), isto é, uma fração daquilo que gasta a fábrica têxtil, pertencente aos donos da fazenda instalada em São Carlos.

Baseando-se no preço, no momento infelizmente muito baixo, do algodão, que deve ser calculado numa média de onze mil e quinhentos réis por arroba, é possível julgar que uma família de terceiros, composta de vários membros que, digamos, cultivem três alqueires, tenha, após a dedução do aluguel, uma renda de cerca de 4:300$000 (quatro contos e trezentos mil réis), uma cifra de valor puramente esquemático.

Quanto, finalmente, aos camaradas, os solteiros que comem na fazenda, recebem quatro mil réis por dia, ao passo que os membros de família que proveem a própria subsistência ganham seis mil réis. A atividade principal dos camaradas consiste em cavoucar, no trabalho da enxada – de que eu posso cantar uma cantiga pois, há quatro anos, fui camarada numa fazenda. O horário de serviço não se guia pelo relógio, mas pelo sol, isto é, da aurora até ao ocaso. A comida consiste, essencialmente, de arroz e feijão. Carne e verdura, ovos, leite e frutas não há quase, não tanto por ser difícil arranjar esses mantimentos importantes ou por serem muito caros, mas principalmente por não serem procurados

memórias de um certo viajante

ou desejados pelos lavradores, em consequência das noções extremamente rudimentares a respeito de alimentação adequada e sadia. Há à disposição de todas as famílias choupanas para morada gratuita; assiste-lhes também o direito de tirarem a lenha de que precisarem para uso próprio. Havendo, entretanto, necessidade de carreto de lenha, terão que pagá-lo. Há um armazém em que os trabalhadores poderão adquirir o essencial, a crédito. Eles não têm, todavia, a obrigação de lá comprar.

Calculando, vagamente, poder-se-á deduzir que um casal pode viver com cem mil réis mensais, ao passo que uma família de cinco pessoas não gasta, em geral, mais do que cento e oitenta mil réis a duzentos mil réis. O clima na fazenda é bom; não há maleita (como, infelizmente, em certas épocas em muitas regiões de Sorocaba e no norte do Paraná). Dois arroios, "Onça" e "Lobo", que contrariando todas as leis biológicas conseguem, juntos, a arte de formar o "Jacaré", fornecem à fazenda boa água e luz elétrica.

É assustador verificar-se quanto dinheiro os lavradores da fazenda gastam em remédios, apesar do clima normal. Pode-se calcular, sem exagero, que trinta por cento da renda de uma família afluem às farmácias.

Aos sábados, depois do serviço, os lavradores costumam gozar a vida, dançando ao som de música. Reúnem-se em um barracão, jogam cartas e loto, bebem pinga, fazem chorar as cordas do violão, que nunca falta onde quer que

anatol 'on the road'

seja; requebram-se as moças e os homens, no samba. Como é costume geral no campo, cedo despertam para o amor e o desejo de casar. Uma moça de vinte anos que ainda não achou namorado pode enterrar os seus sonhos. A idade costumeira para o casamento, para o sexo feminino, é de dezesseis anos. Interessante é o costume do "rapto" em que os Romeus e as Julietas da roça procuram a sua salvação quando, da parte dos pais rabugentos, surgem dificuldades, casos esses que, geralmente, manifestam-se por motivos financeiros. Pois cada braço que se retira de uma família é uma perda insubstituível. Em geral, as crianças começam a trabalhar aos doze anos, ajudando ainda mais cedo na colheita do algodão. De acordo com a lei que, interpretada ao pé da letra, impõe pesadas multas, as crianças são obrigadas a frequentar a escola dos sete aos onze anos, fazendo o curso regular, sem repetição de ano.

Quanto ao "rapto", não se pode dizer que se trate de odisseias dramáticas, com trágico final cinematográfico, mas antes de uma tradição prática, graças à qual a juventude apaixonada logra enganar a geração serena dos pais. Comumente aparece, numa manhã cedinho, uma mãe desesperada no escritório da fazenda para comunicar o desaparecimento de sua filha Mariazinha. Meia hora depois, comparece o chefe de outra família para relatar, furioso, que não encontra o seu filho Joãozinho. O casal de namorados, no entanto, provavelmente, após os múltiplos esforços de tal marcha

memórias de um certo viajante

noturna, já chegou, comprometido, como era o seu desejo, a São Carlos, e não resta agora aos pais outro remédio senão dar a bênção aos trabalhadores desertados. A fuga acaba com um *happy end* radical. Já no dia seguinte, o jovem casal, feliz, volta numa carroça ou num caminhão, em que são também transportados o enxoval e a cama do casal com colchão, tudo adquirido na loja do Moisés em módicas prestações.

aventuras na
pauliceia

Na esquina do juca pato

Juca Pato é a figura criada pelo lápis sensível do popular dese-
nhista Belmonte[1], que nela condensou a alma meio ingênua,
meio sabida, meio tímida, meio convencida, do paulistano, eternamente perplexo ante o espetáculo confuso do mundo. Juca Pato
é o próprio povo que universalmente costuma pagar o pato e que,
no entanto, não perde o bom humor.

Não é, porém, o Juca quase careca que nós surpreende-
mos à noite na esquina da Avenida São João e da rua Dom José
de Barros[2]; esse está, seguramente, escondido nos bairros da

1 Belmonte é o cognome do célebre caricaturista, ilustrador e escritor Benedito
Bastos Barreto (1896/1947).
2 O local descrito por Anatol refere-se à Cinelândia da cidade de São Paulo, con-
figurada pelas Avenida São João e ruas Xavier de Toledo, Dom José de Barros e
indo até a Praça da República.

anatol 'on the road'

Pauliceia, na Bela Vista, no Brás, na Barra Funda, em Pinhei-
ros ou na Lapa. O nosso, o da Cinelândia, é Juca Pato *up to
date*, disposto a evadir-se nos braços de uma *taxi-girl*; é o
pequeno burguês que se pode encontrar em Buenos Aires,
Nova Iorque, Londres ou Budapeste. O pequeno burguês
de paletó saco, os cabelos bem engraxados e penteados à
jaquetão, estilo Tyrone Power. Mas a diferença não é grande.
No fundo, é o mesmo Juca, apenas mascarado para o voo
noturno através da Cinelândia, onde procura esquecer-se de
que, na realidade, sempre se paga o pato, em todo o mundo
e em todos os tempos.

Dos bairros vem lá pelas oito horas, depois da breve
vazante do fim de trabalho, a enchente das multidões
infladas pela inflação. De dentes apertados, firmemente
determinada a entregar-se ao pesado trabalho do divertimento, com cara de quem tenha sido condenado às galés, a
massa derrama-se pelas baias dos cinemas. Eis a gigantesca
máquina, igual no mundo inteiro, montada para propor-
cionar ao pequeno Juca algumas horas de sonho sabiamente
dosadas. Eis a indústria que fornece evasão sob medida. Os
luminosos ofuscam os olhos com o seu pisca-pisca multicor.
Notícias eletrificadas saltam por sobre as fachadas das casas.

Na esquina fica o bar da enorme estação, de onde se
baldeia para o país das maravilhas. Os apressados, que
querem pegar a sessão das oito, engolem alguns sanduíches antes de tomarem o trem cor-de-rosa. Comer é um

aventuras na pauliceia

processo fisiológico que se liquida solitariamente entre as quatro paredes da multidão indiferente. Rápido, o horário é rigoroso. Não é bom sonhar com o estômago vazio. Enfileirados e espremidos diante do balcão comprido, equilibrando-se em cima do assento redondo do banquinho alto e esguio, devoram às pressas a salada de batatas com pernil. Os *barmen* parecem mágicos. Soldados, máquinas de calcular e jogadores ao mesmo tempo, armados até os dentes com paciência e delicadeza, protegidos pela trincheira do balcão e pelo arame farpado dos seus nervos, eles enfrentam com habilidade aterradora a metralha das encomendas. Talvez já pertençam ao país para o qual Juca embarca. Pedem-se sanduíche de salame com manteiga, eles apanham a bola no ar, transformam-na em "Rio comprido com ela" e passam-na para trás, onde um time adestrado de profissionais fabrica sanduíches em série. O queijo quente chama-se "Bauru" quando associado a pernil e tomates, mas é apenas um "pirulito" quando casado com um pedaço de presunto. O chope duplo e claro escorrega como "cristal" sobre o mármore e a garrafa de cerveja, antes de ajudar o Juca a vencer a gravitação, cria asas, cortando, loira e transparente, o espaço, e voa de mão em mão até aterrizar diante do freguês. Uma turma de fedelhos esfarrapados serpeia entre as costas dos comensais debruçados sobre pepinos e salsichas. Como se fosse uma porta, batem com o indicador nos quadris do Juca e pedem esmola. E Juca abre a porta e o porta-níqueis,

anatol 'on the road'

irradiando da sua torre solitária um sorriso... O homem da caixa parece carregar o cansaço de povos inteiros nas suas pálpebras semicerradas. A face pálida, bêbado de sono, passa ele há séculos troco e fichas. Um célebre biólogo asseverou que os seus netos nascerão com uma registradora por entre os braços.

Ao terminar a penúltima sessão de cinema, lá pelas dez horas, começa a avenida a delirar. É a chegada do trem que volta dos Mares do Sul. Os automóveis se enfeitam com o brilho dos luminosos. Reflexos vermelhos patinam sobre os trilhos. Os ônibus buzinam furiosamente. Nesse instante, todos os paulistanos parecem estar na Esquina do Juca Pato, formando uma fila grossa e vagarosa de gente que volta à realidade, os olhos ainda cheios de distância azul. É o exato momento em que um pequeno desejo intermediário é satisfeito e o grande tédio de sempre ainda não começou.

Nos degraus do Cine Avenida, lá onde antigamente o "Moulin Rouge" atraía os boêmios, está sentada uma vendedora de amendoim, uma anciã de braços tatuados. A sua loja é uma cesta montada por cima de um caixão de sabonetes. A sua mão, que descansa na cesta sobre o seu ganha-pão, segura uma pequena caneca — a justa medida para cinquenta centavos de amendoim. A sua imobilidade à margem da procissão, que passa incessantemente, produz um efeito estranho. É como se ela fosse um misterioso ponto de referência no limiar entre a realidade e o sonho.

108

aventuras na pauliceia

Seguramente, a sua cesta é apenas um pretexto. Talvez ela seja o guarda-chaves que ninguém vê e de quem, no entanto, tudo depende – no turbilhão da gigantesca estação que é a esquina do Juca Pato.

PAULO, O MAZOMBO

Encontrei Paulo casualmente à noite, no "Frevo", na esquina da Oscar Freire com a rua Augusta, lugar predileto dos *playboys*. Fiquei um pouco surpreendido por encontrá-lo em bairro tão distinto do seu quartel-general na Penha. Usava óculos escuros, tipo espião internacional bilateral, uma camisa multicor, meia manga, fora das calças. Estas, por sua vez, sem barras e sem vinco, muito estreitas. Parecia mudado. E como soube logo, Paulo mudara mesmo, até de residência.

— Moro agora em Higienópolis — respondeu Paulo a uma pergunta minha. Sempre tive certos instintos aristocráticos e não podia mudar, evidentemente, para zonas de pouca tradição e um tanto plebeias — apenas burguesas —, como o Jardim América ou o Brooklin Paulista. Depois de minha

aventuras na pauliceia

viagem à Europa, não me ambiento mais na Penha. Ali na Penha, além de terrível perigo comunista, há muito corintiano antila-cerdista. Não paguei uma joia tremenda no Paulistano[3] para me misturar, agora, com a plebe. Até tênis começaram a jogar na Penha! Agora só restam o golfe e o polo equestre.

— Que surpresa, Paulo! Você esteve na Europa?

— Isso é surpresa? Surpresa é a gente ir a Pirituba. Além disso, meu caro Anatol, a neve nasce para todos. *Let me see* (Deixe-me ver): fiz dezoito cidades, incluindo Paris, Roma e Peruggia, a cidade da marchetaria. Estou conti-nuando as minhas pesquisas no campo da marchetaria de marfim, madrepérola e tartaruga, depois de ter terminado os meus estudos parisienses dedicados aos móveis de Boulle. Não preciso dizer que vi a turma toda, desde Michelangelo a Cézanne, inclusive os castelos do Loire, o *Fausto* em Ham-burgo e *A Flauta Mágica* em Salzburgo. E, *after all* (além do mais), a paisagem! Tem neve na Europa, você sabia? Aquela natureza europeia, tão tradicional, tão civilizada, tão *nice* (maravilhosa), tão medieval, tão moderna! É uma natu-reza confortável, *highly up to date* (altamente na moda) e, ao mesmo tempo, tão primitiva como um gato doméstico.

— Estou deslumbrado.

— *Take it easy*! (Vá devagar!) Ainda não falei da cultura. Você não me deixava... Não me deixou... Veja, comecei até

3   Club Athletico Paulista, que fica na Rua Colombia, em São Paulo (SP).

anatol 'on the road'

a esquecer a língua portuguesa antes de ter ela... antes de tê-la aprendido. Em compensação, também não sei falar inglês, mas isso pelo menos com acento de Oxford, e muito menos alemão, que é uma língua superada, somente para os dias da semana. *C'est la vie!* (É a vida!). Eu falei da cultura europeia: esta, sim, é cultura. Ali, se a natureza é cultivada, a cultura é natural. Cresce como a relva por entre os paralelepípedos das cidades antigas, muito antigas, tão antigas que caem de podre. Mesmo do podre sai a cultura. *Ach! La décadence!* (Ora! A decadência!) Como é *charming* (charmosa) a decadência e *der... die... das Verfall* (decadência)[4]. Ao passo que a cultura daqui é uma aquisição ultramoderna, novinha em folha, recém importada... Como disse aquele escritor europeu genial? *Die... Das... Der Verchromte Urwald* – a mata virgem cromada. *Hélas!* Não podemos competir com o cromo europeu – não tivemos uma guerra de trinta anos e nem mesmo podemos nos gabar de um Hitler. *Never mind* (Jamais). Quem sabe, com a cultura que os nossos trazem de lá para cá, talvez consigamos endireitar isso. *Malheuresement* (Infelizmente), tive que sair daquelas terras abençoadas, uma vez chutado a pontapé, e agora o meu dinheiro acabou.

---

4 Anatol faz uma brincadeira com a dificuldade que os não alemães têm com relação ao uso dos artigos: possuindo três gêneros (feminino, masculino e neutro), o personagem tenta nominar o substantivo usando os três gêneros – que acontecerá novamente a seguir.

aventuras na pauliceia

— Bem, como turista você ficou naturalmente encantado. Os turistas são abelhas que sugam o mel de tudo – apenas o mel.

— Turista? *Bien,* que seja. Atualmente, sou turista na Europa porque europeu já não sou mais, tu o disseste. Mas depois de voltar de lá, sou também turista aqui, não me ambiento mais. Virei turista *par excellence.* Ahasvero fez--se turista, mas de qualquer modo eterno. Ah! Não aguento isso aqui! Levanto de manhã, pumba! Uma nova crise. Deito: pá, pá! A MAC[5] botou um busca-pé dentro da casa do delegado e agrediu um rabino com lança-perfume. Se aqui pelo menos também caíssem logo as bombas, como na Europa. Mas não, aqui só há fogo bengálico, carnaval e crises miseráveis; há histórias em vez de história, principalmente em vez de história militar.

— Para dizer a verdade, pessoalmente prefiro as histórias à história, sobretudo quando é história com H maiúsculo. Prefiro a baixa do cruzeiro às baixas nos campos de batalha e de concentração, principalmente quando tenho os dólares na Suíça.

— Você não vê que a história com H maiúsculo faz parte da cultura? De resto, que vá para o inferno *toute la civilisation* (toda a civilização). *Il me faut* (Eu preciso) um bom contrabando, qualquer coisa que me possibilite *faire un voyage au*

---

5 Referência provável às disputas esportivas entre os alunos do Mackenzie e da Medicina cuja sigla era MAC-MED.

anatol 'on the road'

(fazer uma viagem ao) Japão e, além disso, praticar uma boa ação *philanthropique* (filantrópica).

— Ao Japão?

— Bom, a Europa já ficou um pouco avacalhada.

— Paulo, sei que você está brincando. Mas não compreendo bem aonde você quer chegar. Da última vez, quando te visitei na Penha, foi com prazer que ouvi a tua exposição sobre os erros dos imigrantes, sobre as amebas que lhes povoam os cérebros, sobre a sua ignorância a respeito dos brasileiros e do Brasil, o seu completo alheamento do mundo em que vivem. Agora porém você parece ter tomado o rumo deles. Que brincadeira é essa? Ficou também com amebas?

— Vou lhe explicar. A minha transformação é consciente. Para me sentir realmente integrado aqui, preciso percorrer as várias fases percorridas pela própria cultura brasileira — como o embrião que percorre ontogeneticamente a filogênese da espécie. *C'est clair* (Está claro).

— Irrefutável.

— Pois bem, entro agora — embora com certo atraso — na fase do mazombo. Os brasileiros já a ultrapassaram, mas eu, no meu esforço de adaptação, preciso ainda atravessá--la, *comprenez-vous?*

— Para dizer a verdade, nunca ouvi a palavra ma... Como é que foi? Mazumba?

— Exatamente: mazombo. O Vianna Moog descreveu muito bem o que vem a ser mazombismo. Li-o quando ainda

aventuras na pauliceia

lia livros brasileiros. Hoje, naturalmente, não os leio mais. Leio a (Françoise) Sagan, esta sim, e de vez em quando, para poder falar sobre eles, uma ou duas páginas de Robbe-Grillet ou Nathalie Sarraute, ou então o Uris, o tal do *Exodus*, o mais requintado romance do século, um verdadeiro Proust, só que muito mais interessante.

— Mas o que vem a ser o tal mazombismo?

— Ouça o que Moog diz a respeito — Paulo tirou um livrozinho do bolso traseiro das calças e leu: "O mazombismo consistia essencialmente na ausência de satisfação de ser brasileiro... No descaso por tudo quanto não fosse fortuna rápida, na quase total ausência de sentimento de pertencer o indivíduo ao lugar e à comunidade em que vivia. No fundo, o mazombo, sem o saber, era ainda um europeu extraviado em terras brasileiras. Do Brasil e da América, de suas histórias, de suas necessidades, de seus problemas, nada ou pouco sabia porque vivia no litoral, mentalmente de costas para o país. Do Brasil, o europeu ou descendente do europeu só duas coisas queriam: uma terra por explorar e um refúgio para horas de aperto".

— Isso se refere aos imigrantes de hoje?

— Não, isso se refere aos lusitanos brasileiros do século passado, que continuavam a considerar-se portugueses. Veja aqui o que o Moog diz: "O título de mazombo, esse caducou e desapareceu. Não assim a personagem que lhe deu origem. Ainda em fins do século passado o Brasil

anatol 'on the road'

pululava de mazombos..." Aí, mais adiante diz: "Em princípios do século passado, o mazombo era espiritualmente português e vivia zangado com o Brasil, por não ser o Brasil a cópia exata de Portugal. Em fins do século, como as simpatias de Portugal se tivessem voltado para a França, o mazombo vivia zangado com o Brasil porque a cultura brasileira não era a projeção exata da cultura francesa. E *vive Paris!* E *vive la France! Oh, la France, la France éternelle!* (a França eterna!).

— Bem interessante.

— O que o Moog não percebeu — prosseguiu Paulo —, é que ainda hoje pululam os mazombos no Brasil. Isto é, os próprios brasileiros já deixaram, há muito, de ser mazombos. A mentalidade do mazombo é tipicamente colonial. Cabe a nós, agora, sermos brasileiros do século passado, brasileiros de mentalidade colonial, mazombos, enfim. Ora, o que os outros inconscientemente são, eu faço questão de ser conscientemente. Enquanto que os outros, com a sua mentalidade mazombeira, ainda vivem em pleno século passado brasileiro, mas que, por outro lado, não querem reconhecer que há muito deixaram de ser europeus, eu apenas passo por essa fase tendo plena consciência de que se trata de uma fase superada. Atravesso-a, para me sentir depois mais integrado na fase atual. Claro que, ao chegar à nossa época, mudarei de novo, abandonando Higienópolis.

— Voltará para a Penha?

aventuras na pauliceia

— Acho que não, *mon ami* (meu amigo). Irei para outra parte qualquer, para qualquer parte que seja de hoje. Talvez eu vá para Santo André.

O professor e os automobilistas

De Aristóteles[6]

O trabalho que se segue faz parte de um capítulo da Política, que se queimou no incêndio da Biblioteca de Alexandria. O precioso manuscrito, cuja perda definitiva teria sido irreparável, foi recentemente recuperado pelo nosso redator Rambam, que durante pesquisas arqueológicas no Egito conseguiu encontrar, a uma profundidade de 152 metros, as cinzas do pergaminho aristotélico, reconstituindo-o com o auxílio de uma máquina de integração atômica. Para evitar perda de tempo e erros de transmissão, ele nos comunicou o original grego diretamente por televisão. As imagens, fixadas por microfilmes e projetadas numa tela, foram traduzidas,

---

6 Aristóteles, famoso filósofo grego da Estagira, Grécia (384-322 a. C.); a sua doutrina principal estabelece que as mulheres têm menos dentes do que os homens. (N. do A.)

aventuras na pauliceia

diretamente do grego, em primeira mão, pelo nosso estimado colaborador Aristóteles Napoleão Pinto.

Nota da redação da *Zwiebel*[7]

O professor em questão é um filósofo. Não no sentido vago em que se diz de Fulano que é filósofo porque sabe "levar a vida", mas no sentido legítimo do homem que, por amor à sabedoria e movido por uma curiosidade infinita, dedica toda a sua vida à indagação, ao problemático e ao essencial. Dono de conhecimentos múltiplos e vastos, não pertence ele, no entanto, ao tipo enciclopédico de saber alfabeticamente arrumado, mas ao tipo sintético que sabe integrar minúcias de aparência insignificante em amplas concepções, emprestando aos acontecimentos mais longínquos sentido e importância. Na sua consciência não existem fatos isolados. Graças a um fenômeno de combustão espiritual, derretem-se e dissolvem-se no alto forno da sua alma os dados mais desencontrados, sendo depois, por um processo químico, obrigados a entregar a sua essência como material para a construção do seu pensamento. O seu cérebro, instrumento de alta precisão, é qualquer coisa de maravilhoso – é robusto e delicado, frio e apaixonado ao

7 Sob a forma de um nariz de cera, Anatol faz uma introdução satírica e a utiliza neste texto e no da p. 127 como uma espécie de paródia de uma seção jornalística permanente. Por isso mesmo, embora sejam idênticas na redação, reproduzimo-la nos dois casos.

anatol 'on the road'

mesmo tempo, educado por pesquisas ardentes e solitárias relacionadas com os problemas mais sutis e profundos com os quais o espírito humano, desde as épocas mais remotas, se defronta.

A sua fisionomia é bem o espelho de altos pensamentos, impressionando pela singular expressão de ausência, que é o sinal da sua incessante e torturada presença em face do essencial. Embora extremamente modesto, está ele profundamente convencido da dignidade da sua vocação e do seu trabalho, fato este que ele parece querer realçar pelo apuro e a discrição dos seus trajes e pela espessura alvíssima do seu bigode e cavanhaque que cobrem a nudez da parte inferior do rosto, da parte, pois, que serve à ingestão de comida e a outros prazeres sensuais.

Andávamos, ele e eu, num dia de chuvisqueiro, em pleno coração da Pauliceia. Acompanhando a sua palestra com gestos lentos e econômicos de suas mãos, ele tentou expor-me um ponto importante e problemático da filosofia de Scheler. Como o leitor naturalmente sabe, afirmou o grande filósofo alemão a total impotência do espírito, atribuindo toda a potência à vida orgânica, única portadora de todas as forças do homem. Esse espírito deploravelmente despido de qualquer poder tem o seu imenso valor, no entanto, assegurado pelo fato de dirigir a vida, de seduzi-la pela beleza das ideias e de elevá-la de sua condição inferior, desviando-a dos seus trilhos formados pelos instintos, impulsos e reflexos.

aventuras na pauliceia

— O senhor bem vê — disse o professor com o indicador pousado sobre o canto da boca — que o nosso filósofo, em vez de resolver o problema das relações entre espírito e vida, ao contrário complicou-o. Ele deu um pulinho para se safar do esguicho que um automóvel levantara na sua passagem atômica. — Será possível que o espírito, não tendo potência, possa desviar a vida em cujo âmago se concentra toda a soma de poder?

Dando, de vez em quando, pulinhos elegantes para proteger a pureza das suas calças, ele passou a dar exemplos tirados da física para provar que o ato de desviar uma força requer outra força.

— É óbvio — concluiu —, que o espírito, para guiar a vida, precisaria ter uma força *sui generis*, fato que Scheler negou.

E ele se lançou lateralmente quase que nos meus braços, pois um belíssimo Clipper 46[8] levantou uma tromba d'água suja que se espalhou em todas as direções. Um rebanho de pedestres apressados dispersou-se à aproximação do carro como que arremessado por violenta explosão. Na direção do Clipper estava um mocinho bonito, de cabelos lustrosos penteados à jaquetão, olhando com ar sinistro e decidido através do para-brisa. Ao seu lado via-se, encostado com languidez, um abrigo de chinchila contendo uma cabeleira fantasticamente loira e umas linhas de batom em forma de boca.

8   O Clipper 46 era um carro sofisticado da marca Packard.

anatol 'on the road'

— Como outra hipótese — continuou, um tanto pálido, o filósofo —, dever-se-ia supor que, se a vida se deixa seduzir, seguindo as ideias do espírito sem que este possua força para obrigá-la a tal manobra, dever-se-ia, digo, supor que haja dentro da própria vida algum elemento mais alto, uma espécie de ouvido espiritual que percebe a chamada do espírito e que desperta na vida o amor às ideias, fazendo assim com que ela, a vida, alimentada pelas próprias forças, se desvie do seu caminho bestial. Mas também essa hipótese, e com razão, é negada por Scheler. Não encontramos, de fato, nada na vida orgânica, nenhuma enteléquia aristotélica, que tenda ao espírito. Este aparece no homem como um milagre, como fenômeno inteiramente diferente, inconfundível, oposto à vida. Assim, os dois princípios continuam afastados um do outro, o espírito tendo valor, mas força nenhuma, e a vida tendo força, mas nenhum valor.

Atravessamos o Largo de Santa Ifigênia. Ao nosso redor rumorejava a floresta do tráfego. Os ônibus, bondes e automóveis cercavam, quais monstros pré-históricos, a nossa frágil e desarmada humanidade entretida em suave diálogo peripatético. Retrocedíamos, avançávamos, desviávamo--nos, dando pulinhos engraçados. Executamos, em face da morte motorizada que nos rondava por todos os lados, uma dança desesperada e ridícula. O professor à minha direita, eu o sabia, se se degradava ao ponto de descrever piruetas em plena rua, como se fosse um palhaço (que ao menos

122

aventuras na pauliceia

quer divertir a assistência), não o fazia para simplesmente salvar a pele. Fazia-o porque na sua consciência, de alguma maneira misteriosa ligada às células perecíveis do cérebro, estava em dolorosa gestação um imortal sistema filosófico – sistema esse que precisava dele para nascer, sistema que desde toda a eternidade esperava esse homem privilegiado para chegar à luz da articulação. No entanto, surgiu à nossa frente um "De luxe" 46[9] (noventa mil cruzeiros no mercado negro), radicalmente disposto a acabar com esse e com todos os outros sistemas filosóficos. Um colosso de homem, um super-homem, era o homem do volante. Um homem de crédito e de negócios ramificados, com as mãos em dez empresas, um homem que, graças à sua inteligência – resultado de centenas de milhões de anos de evolução biológica e de incessantes esforços da natureza –, alcançara a extraordinária capacidade de, na hora exata, comprar barato e vender caro coisas que lhe eram totalmente desconhecidas e que nunca tinha visto. Sempre quando vejo um homem assim, lembro-me do primeiro porco que vira quando criança num jardim zoológico, e da tremenda estupefação ao descobrir tão poucos traços humanos na fisionomia do animal, embora minha mãe me chamasse de vez em quando de "porquinho". O super-homem mediu-nos com frio desdém, concluindo

9   Na época, os veículos "De Luxe" eram carros sofisticados, muito grandes (tipo "rabo de peixe" ou cadillac).

anatol 'on the road'

que nós não existíamos e que, mesmo em caso contrário, o seu carro era mais duro e além disso estava segurado.

— Que se danem! — pensou e atirou, com esplêndida arrancada ("Ah, que carro!") o seu "De luxe" sobre nós. O professor, perdendo toda a dignidade e compostura, branco como o seu cavanhaque, lançou-se qual uma criança aflita contra o meu colo, e eu, por minha vez, dei um salto de futebolista empurrando-o com violência. Salvamo-nos por um triz.

— Se Scheler raciocinasse corretamente — disse o professor ofegante, limpando o seu rosto de algumas partículas de lama —, deveria dizer: A vida segue o seu caminho; nada detém o poder irracional; nada a desvia. E o espírito olha, observa e chora o tumulto, impotente!

Impotente, pensei com melancolia. E com umas partículas de lama no rosto, também. Mas não o disse.

REDAÇÃO DA "ZWIEBEL"[1]: A IRONIA NA COMISSURA DOS BIGODES

---

1 A palavra *Zwiebel* significa cebola e, neste caso, é o título de um hipotético jornal criado por AR no quadro de suas diversas colaborações para a *Crônica Israelita*.

O INGLÊS À LUZ DO CACHIMBO

De Aristóteles[2]

O trabalho que se segue faz parte de um capítulo da Política, que se queimou no incêndio da Biblioteca de Alexandria. *O precioso manuscrito, cuja perda definitiva teria sido irreparável, foi recentemente recuperado pelo nosso redator Rambam, que durante pesquisas arqueológicas no Egito conseguiu encontrar, a uma profundidade de 152 metros, as cinzas do pergaminho aristotélico, reconstituindo-o com o auxílio de uma máquina de integração atômica. Para evitar perda de tempo e erros de transmissão, ele nos comunicou o original grego diretamente por*

---

2 Aristóteles, famoso filósofo grago de Estagira, Grécia (384-322 a. C.); a sua doutrina principal estabelece que as mulheres têm menos dentes do que os homens. (N. do A.)

anatol 'on the road'

televisão. As imagens, fixadas por microfilmes e projetadas numa tela, foram traduzidas, diretamente do grego, em primeira mão, pelo nosso estimado colaborador Aristóteles Napoleão Pinto.

Nota da redação da *Zwiebel*[3]

Foi Lord d'Albernon quem disse que os ingleses conquistaram o mundo com o cachimbo. Todos os diplomatas de destaque eram cachimbadores, bem como aqueles que fracassaram e que eram fumantes de cachimbos, nada adiantando o lorde a respeito dos apaixonados do charuto. Eis um tema de atualidade vibrante, uma vez que, pela simples introdução do uso do cachimbo se poderiam beneficiar povos até hoje menos favorecidos pelo destino. Essa teoria psico-fisio-sócio-antropológica baseia-se no fato, já descoberto por Spinoza, de que espírito e matéria formam uma unidade, sendo apenas dois atributos da mesma substância. É óbvio que o cachimbo modelou os traços fisionômicos dos ingleses e, consequentemente, a sua estrutura caracterológica, visto que corpo e alma são só dois lados da mesma essência.

Exemplificaremos a nossa teoria revolucionária, destacando alguns traços tipicamente ingleses e, em parte, anglo-saxônicos.

1. ENÉRGICOS, RAÇA DE SENHORES. Apertar um cachimbo entre os dentes dá à fisionomia e, por conseguinte, ao caráter

---

3 Ver nota, p.119.

REDAÇÃO DA ZWIEBEL
A IRONIA NA COMISSURA DOS BIGODES

linhas especiais. O queixo salta para frente e o canto da boca, no qual de preferência se localize a boquilha, curva-se desdenhosamente para baixo. Está meridianamente claro, pois, que o fumante de cachimbo é uma pessoa de tremenda energia, vivendo, como vive, de dentes apertados e de queixo saliente, possuindo ao mesmo tempo forte complexo de superioridade em virtude da curva labial mencionada. Tais traços se transmitiram, refutando todas as teorias biológicas, aos cromossomos do povo inglês que, destarte, tornou-se uma raça superior.

2. HOMENS DE AÇÃO E DE POUCAS PALAVRAS. O cachimbo se distingue pela vantagem de ocupar de preferência a boca, deixando as mãos livres para a ação. Conversa mole é impossível com uma boquilha dura entre os lábios. Isso explica perfeitamente o caráter monossilábico da língua inglesa. Shakespeare ainda era bastante prolixo, mas no fim da evolução temos o anglo-saxão Hemmingway, extremamente conciso, embora já se perceba nele a influência do chiclete. Os seus personagens só cospem breves palavras em intervalos, cujo ritmo é determinado pela respiração específica do cachimbador ou pelo mastigar do chiclete. Nos seus contos, o essencial se desenrola no silêncio das entrelinhas.

3. INDIVIDUALISTAS. Homens de pouca conversa costumam ser pouco sociáveis e não se sentem bem em meio à manada linguaruda. Preferem viver em *splendid isolation* (isolamento

anatol 'on the road'

esplêndido), ilhando-se naquilo que chamam de *my home is my castle* (meu lar é meu castelo). Quando postos para fora de casa pelas esposas devido à fumaça fedorenta do cachimbo, entregam-se, na beira dos rios, aos prazeres solitários da pesca, conversando com os peixes.

4. PURITANOS PUDIBUNDOS. Falando pouco eles perdem, paulatinamente, o costume de se expandir. A gente pode ter sentimentos, embora isso não seja muito decente, mas de maneira alguma pode expressá-los. Isso explica perfeitamente o estilo casto da literatura inglesa – excetuando-se alguns escritores decadentes e oposicionistas – e o seu humor especial, um "humor seco", com perdão do paradoxo. Daí se origina, também, o puritanismo inglês. Quem não expressa os seus sentimentos, emoções, impulsos e paixões, acaba achando-os indecentes. Tudo que se esconde durante muito tempo torna-se objeto de pudor.

5. CAPITALISMO, IMPERIALISMO. Como o puritano introvertido não pode expandir-se em farras, foi o capital que se expandiu – uma simples transferência de expansão psíquica para a expansão material. Sobre isso escreveu Max Weber um livro inteiro. A expansão do capital, por sua vez, leva imediatamente à expansão política e ao imperialismo. Vê-se, assim, por meio de uma dedução simples e lúcida, como o ovo do imperialismo foi chocado ao calor do cachimbo.

REDAÇÃO DA ZWIEBEL
A IRONIA NA COMISSURA DOS BIGODES

6. POVO DEMOCRÁTICO E LIBERAL. É óbvio que fumar cachimbo não é privilégio de ninguém, ou que seja privilégio de todos. Qualquer inglês adulto tem o irrevogável e santo direito de fumar, de igual para igual, o seu cachimbo, conquanto as qualidades do tabaco, como é natural, variem segundo a capacidade e o valor de cada um.

7. POVO CONSERVADOR. É natural que se torne conservador o povo que possui coisas dignas de serem conservadas. Ora, os ingleses, devido ao cachimbo, são donos de muita coisa que é preciso conservar. Há, além disso, uma causa mais sutil para o comportamento moderado e sábio desse povo. O cachimbo educa o seu súdito para uma respiração típica, cuja essência é a serenidade e a moderação aris-totélica em tudo (*gentleman*). Ninguém desconhece o fato de que a respiração tem uma profunda influência espiri-tual sobre o homem. Há teorias indianas que fazem todo um sistema religioso da técnica de inspiração e expiração reguladas. Vê-se logo que os judeus e seus descenden-tes, os cristãos, não fumaram cachimbo, pois a Bíblia está cheia de opressões respiratórias, embora na época em que foi produzido aquele *best-seller*, nenhum inglês existisse, ainda, para pisar as terras da Palestina. A própria vida foi inspirada a Adão através de uma transferência de ar. Nada é mais contraproducente ao bom funcionamento de um

anatol 'on the road'

cachimbo do que uma respiração ofegante, provocada pela
fúria revolucionária.

8. ESPORTE E *FAIRNESS*[4]. Para conservar a linha esbelta, indis-
pensável à adaptação estética do corpo ao cachimbo curto
e másculo, viu-se o inglês forçado a redescobrir o esporte.
A prática do esporte desenvolveu nele o espírito da *fairness*, traço tão típico para o *gentleman* de Cambridge no trato
com o *gentleman* de Oxford. Mesmo os povos coloniais não
podem deixar de reconhecer que aprenderam com os ingleses vitoriosos a arte de saber perder, senão digna, ao menos
silenciosamente. Em verdade, a *fairness* do inglês via tão longe
que ele considera uma luta de boxe entre um peso-médio e
um peso-pluma como sumamente incorreta. Sempre quando
se trata de jogo, o lema do inglês é: *Fair play.*

Todas essas deduções, às quais ninguém de sã consciência negará a extrema lucidez e veracidade, encontram forte
apoio na história. Vê-se imediatamente que a fenomenal
ascensão do povo inglês só se deu depois do descobrimento
da América, ou seja, do fumo. É verdade que os chineses já
conheciam o fumo quinhentos anos antes de Cristo. Tratava-se, porém, de ervas utilizadas para incenso. Os próprios
índios da América do Norte e Central já usavam o tabaco em
cachimbos. Nesse caso, tratava-se, entretanto, do *calumet*,

4 Termo inglês traduzível por equanimidade, probidade, imparcialidade.

REDAÇÃO DA ZWIEBEL
A IRONIA NA COMISSURA DOS BIGODES

do cachimbo da paz – objeto de profunda veneração –, ou seja, o emprego da "erva santa" para fins religiosos, por exemplo, para a invocação da assistência de Manitu, do Grande Espírito. A secularização do cachimbo só se deu por intermédio dos ingleses, tendo Sir Walter Raleigh introduzido o uso do mesmo, na Inglaterra, em 1586. Ele até *"took a pipe of tobacco a little before he went to the scaffolde"* (deu uma cachimbada um pouco antes de ter ido para a forca). Apesar da furiosa oposição de James I que, em 1604, publicou *Counterblast to Tobacco*, o uso da erva de Nicot tornou-se logo um hábito na corte de Elizabeth.

É interessante verificar que a evolução de vários países dependeu, rigorosamente, da maneira específica de os seus habitantes se entregarem ao novo vício. A Rússia, por exemplo, não podia se desenvolver na medida das suas possibilidades visto ter existido uma lei que ameaçava com a perda do nariz o fumante de cachimbo. Os povos da Ásia Menor e da África do Norte, infelizmente, dedicaram-se ao tabaco por intermédio de cachimbos preciosos de bronze, cobre e prata, os *kallians*, ou então fumaram o complicado *narguilé*, ou *shishah*, e é claro que esse *hubble-bubble* (rumor ou bobulhar) hidráulico só poderia induzi-los a sonhos e a um quietismo doentio de pernas e braços cruzados, já que era impossível levar instrumentos tão complexos pelo mundo afora, à conquista de um império. O mesmo se deu com os alemães, que preferiam fumar cachimbos de um comprimento

anatol 'on the road'

transcendente, construídos segundo um sistema profundo de aerostática – fato esse que os forçou a ficarem em casa com o *Zipgelmuetze* (gorro com borla) na cabeça, sentados em confortáveis *Grossvaterstuehlen* (cadeiras para avôs), com um *Hoeckerchen* (banquinho) aos pés e, ao invés de conquistarem o mundo, desenvolver sistemas metafísicos. Quando, finalmente, largaram esse cachimbo especulativo, verificaram estupefatos que o mundo estava já distribuído. Daí se explica a sua repentina ferocidade desde 1870, época em que passaram, paulatinamente, a outros meios de inalar a fumaça do tabaco.

Um pequeno quadro estatístico provará o nosso pensamento:

Total de gastos com tabaco em 1929 (por 1000 kg)	Para charutos etc.	Para cachimbos
Alemães	48.809,4	39.499,8
Ingleses	953,4	24.107,4

Percebe-se logo a extraordinária preponderância do cachimbo sobre o cigarro e o charuto na Inglaterra, ao passo que, na Alemanha, ainda em 1929, dá-se o contrário. A grande diferença de gasto com tabaco em favor da

REDAÇÃO DA ZWIEBEL
A IRONIA NA COMISSURA DOS BIGODES

Alemanha explica-se pela maior população e pelo uso do tabaco como matéria-prima para a produção de *Ersatz* (substituto), por exemplo, para casemiras, grinaldas, cabos de guarda-chuvas, explosivos, papel-higiênico, perfumes, botões de enfeites e remédios para calos.

Caminho inteiramente diverso tomaram os povos latinos. Sabe-se que o tabaco já era conhecido dos espanhóis e dos portugueses antes de ser usado pelos ingleses. Entretanto, devido à nefasta influência de Jean Nicot, que aliás deu seu nome ao veneno, alastrou-se entre os latinos o uso do tabaco em pó. É que aquele francês ofereceu esse pó como remédio a Catarina de Médici, que sofria miseravelmente de *migraines* (enxaquecas). *Pleine de confiance, la reine se mit à priser et toute la cour suivit son example* (Cheia de confiança, a rainha pôs-se a cheirar o rapé e toda a corte seguiu o seu exemplo). Apesar da terrível condenação do rapé, preferido pelo Papa Urbano VIII, tornou-se essa forma de se aproveitar o fumo uma moda entre todos os povos latinos, de maneira que, ainda em 1789, 95% do tabaco foi gasto pelos franceses como pó para ser aspirado pelas narinas. O hábito da *prise* (cheirada) e os espirros assim produzidos explicam uma respiração irregular e, por conseguinte, a Revolução Francesa nada mais foi do que um espirro coletivo. Não vamos entrar no âmago da psicologia e fisiologia do espirro normal, e mesmo alérgico, que um existencialista fez derivar da angústia e da náusea respiratórias do bebê delicado, recalcadas

anatol 'on the road'

ao abandonar o aconchego do ventre materno. De qualquer maneira, salta aos olhos que o constante extravasamento em espirros faz do latino um homem sociável e extrovertido. O *esprit* francês e o *élan vital* de Bergson são resultados diretos do espirro produzido pelo tabaco em pó.

Entusiasmo e ironia[5]

Apalavra "entusiasmo" significa, ao pé da letra, "estar em Deus". Quem se sente entusiasmado por uma sinfonia, uma ação ou um programa político, percebe através da beleza da obra artística, do heroísmo da ação, da justa reivindicação política, uma ideia, uma essência espiritual, uma perfeição, que geralmente não se encontram neste mundo real.

Contemplando aquela perfeição, ele está momentaneamente "em Deus", fora do seu "Eu" comum, num estado de êxtase. Tratando-se de verdadeiro entusiasmo e não de uma embriaguez passageira, ele sentirá paixão duradoura por aquela perfeição entrevista. Doravante, fará o possível

---

5 *Diário do Povo*, Campinas, 16.2.1946.

anatol 'on the road'

para comunicar-se com ela e para aproximar-se dela. Nos casos virulentos, quando se trata de alguém não dado à pura contemplação, tentará convencer também os outros e, finalmente, esforçar-se-á para tornar toda a realidade mais perfeita. Todos nós admiramos essa capacidade juvenil de inflamar-se, de deixar-se encantar pelas belas e sublimes coisas. Mal podemos conceber uma geração adolescente que não tenha a faculdade de se elevar acima da realidade, colocando em marcha um porvir melhor. Haveríamos de desprezar moços aos quais faltasse a generosa capacidade de entusiasmo, esse *élan,* essa força propulsora que acelera e estimula a evolução e sem a qual a humanidade acabaria estagnando. Sem entusiasmo tenaz e perseverante não existiria arte, nem ciência e nenhum grande empreendimento. O próprio processo dialético da evolução econômica e a subsequente ou recíproca evolução das formas sociais e dos conteúdos culturais só se realiza através do *medium* psicológico da consciência humana, entusiasmada pela concepção de novos ideais.

O entusiasmo é sumamente contagioso. Se uma ideia política corresponde aos anelos confusos de uma classe ou de um povo, logo grandes massas empolgadas pelo entusiasmo e excitadas pela indução mútua a um grau extremo arregimentam-se em direção ao ideal.

No entanto, o entusiasmo tem o defeito de ofuscar, pelo esplendor da ideia entrevista, aqueles que por ele são

REDAÇÃO DA ZWIEBEL
A IRONIA NA COMISSURA DOS BIGODES

possuídos. Assim vemos, às vezes, povos inteiros arrebatados pelo entusiasmo. Porém eles não estão em Deus: o diabo é quem está neles. Esse fenômeno pode derivar de duas causas: ou a ideia que entusiasma é, no fundo, ilegítima e, consequentemente, toda paixão por ela inspirada será mero fanatismo; ou a ideia, embora elevada, perde a sua qualidade no contato com as massas ofuscadas, e a consequência será, novamente, o fanatismo. Não há nada pior do que o espírito fechado do fanático, possuído por uma ideia fixa. Pois a essência do entusiasmo é o amor, assim como a do fanatismo é o ódio. O próprio bem pode tornar-se um mal na mente do fanático. E o amor, quando desenfreado, torna-se elemento destruidor.

Para que o entusiasmo não se transforme em fanatismo, precisa ele de um antídoto, que nós gostaríamos de chamar de ironia. Os cientistas que se ocuparam com a desintegração do átomo enfrentaram logo o problema de brecar os efeitos por demais destruidores da energia liberta e conseguiram a sua diminuição por intermédio da parafina. Semelhantemente, a ironia amortece os exageros do entusiasmo, mostrando aos incautos, jovialmente, o ridículo da sua fúria.

Ambos, tanto o entusiasta como o irônico, têm a capacidade de se elevar acima da realidade. O entusiasta feito homem de ação, no entanto, como se estivesse munido de um tapa-olhos, enxerga apenas a ideia almejada, e dessa

141

anatol 'on the road'

limitação de visão tira a sua força. Nada lhe tolhe o impulso e ele se atira num jato, como uma bomba voadora, contra a Lua. Já o irônico, elevando-se acima da realidade, não olha somente para cima, mas também para baixo e ao redor de si. Sua visão é tão ampla que ele se esquece de continuar o voo. Fica pairando em modesta altura. Um entusiasta com uma injeção de ironia tornar-se-ia mais humilde, pois perceberia que a perfeição é remota e a caminhada infinita. Ele conservaria (eventualmente) o seu impulso, mas reconheceria o valor do recato e da tolerância. O fato é que o entusiasmo sem ironia é cego, ao passo que a ironia sem entusiasmo é estéril.

Considerando a humanidade sob o ponto de vista exposto, parece que ela se divide em três classes: (1) Os realistas, que não têm nem ironia e nem entusiasmo, e que são os animais mais bem adaptados e mais espertos entre os homens. Eles se sentem tão bem na realidade a ponto de torná-la inerte e pesada, como os porcos na lama, apesar da sua eficiência e constante atividade. (2) Os entusiastas juvenis, que sacrificam o presente ao futuro e que vivem arrasando tudo, cabisbaixos, num constante estouro da boiada na loja de louças. (3) Os grandes irônicos, que pairam nas alturas com um sorriso fino nos cantos curvados da boca delgada.

Geralmente, quem dirige os destinos da humanidade são os realistas, usando cinicamente o entusiasmo fácil das massas para os seus fins esplendidamente maquilados.

REDAÇÃO DA ZWIEBEL
A IRONIA NA COMISSURA DOS BIGODES

Atrelando os entusiastas aos seus carros, dão-lhes a ilusão de andarem à frente e de determinarem o caminho, enquanto, na realidade, a sua energia só serve para levar os donos dos carros a um passeiozinho agradável, que vai da bolsa de valores até a fábrica de armamentos. Os irônicos, enquanto isso, ficam nas esquinas, sacudindo os ombros. Eles sabem tudo e não fazem nada.

Pleiteamos, não sem ironia – mas com muito entusiasmo –, um parlamento universal em que os entusiastas ocupariam todos os assentos à esquerda e os irônicos todos à direita, e cujo presidente seria um grande humorista – talvez Bernhard Shaw. Esse parlamento, quem sabe, conseguiria livrar-nos dos realistas e da próxima guerra, que essa, todos o sabemos, será com toda a certeza e definitivamente a penúltima. A última será a última não porque acabará com o mal, mas com a humanidade – o que talvez seja a mesma coisa.

Humor Judaico

Infelizmente, o sarau destinado ao humor judaico, que fora anunciado pela Comissão de Cultura[6], teve de ser adiado, já que um dos principais participantes se achará ausente para restabelecer-se de uma enfermidade. Só podemos desejar e esperar que volte completamente refeito, cheio de bom humor, como convém a uma realização do tipo planejado.

Dizemos "cheio de bom humor" embora tenhamos as nossas dúvidas acerca de se o humor judaico é precisamente uma manifestação de "bom humor". Segundo o velho Galeno – sabem, o famoso médico romano –, o bom humor

6 Comissão de Cultura da CIP – Congregação Israelita Paulista.

REDAÇÃO DA ZWIEBEL
A IRONIA NA COMISSURA DOS BIGODES

é consequência de uma mistura harmoniosa dos humores (das secreções glandulares), isto é, o bom humor significa, na realidade, "bons humores". Quer nos parecer, porém, que particularmente o humor judaico é, ao contrário, manifestação não da harmonia, mas da desarmonia de humores, expressão de conflitos, de uma profunda tensão que se descarrega no chiste, da mesma forma que uma carga elétrica na chispa.

Tanto na ironia, como mais de perto no humor judaicos, externa-se o homem machucado pela realidade que lhe é madrasta. O homem ferido pelas coisas pode agir de várias maneiras: pode fugir, evadir-se para não enfrentá-las; pode reagir, para dominá-las. Para dominá-las, a minoria judaica geralmente não teve forças; mas era forte o bastante para, na sua fortaleza íntima, não escolher o caminho da fuga. Enfrentou, pois, a realidade mas preparando-a, antes, pela interpretação: insatisfeito, não a reconheceu como tal, transformou-a pelo prisma da mente. Na ironia, o judeu dá uma cusparada sobre a *Jüdische Gass*[7] e o mundo, lá de cima do primeiro andar; no humor, cospe também, mas para cima, do porão: vai ver que o projétil líquido volta ao ponto de partida.

A soberba da ironia e a humildade do humor emanam, em essência, da mesma instabilidade de quem se

7 Lit. "rua judaica", em acepção mais ampla" bairro ou meio em que vivem judeus".

145

anatol 'on the road'

sente ao mesmo tempo superior e inferior, de quem logo ri, logo chora. Na ironia, o judeu apresenta o ideal como se fosse real; no humor, apresenta o real como se fosse o ideal; em ambos os casos, a realidade triste, pobre, brutal, é desvalorizada, visto que ela perde para o ideal; no fundo, ela é "desrealizada", pois, como a gente poderia viver se ela fosse realmente real? Isso não exclui o profundo realismo do humor judaico: a realidade está sempre presente, embora apenas para ser desfeita e dissolvida.

A pressão das coisas é tremenda. Essa pressão impele o judeu, qual locomotiva, para a frente, empurra-o adiante e ele se agita febrilmente, nunca satisfeito. Felizmente, a caldeira é munida de válvulas, através das quais se esguicha o vapor do chiste, antes que ela arrebente. Ah! Como é bom rir-se da realidade! Agora sim, restabelecido o equilíbrio através da descarga da gargalhada, reina o bom humor, resultado da expulsão dos maus humores através do chiste.

Vê-se, desse modo, que o palhaço trágico não é nenhum mito. É um grave sinal quando perdemos o humor: isso prova que aceitamos a realidade como ela é; prova que estamos satisfeitos. Não há coisa mais triste do que estar satisfeito. E é por isso que a Comissão de Cultura, certa de que os sócios da CIP, como bons judeus, nunca poderiam estar satisfeitos — uma das tarefas mais importantes da Comissão consiste, mesmo, em evitar que reine demasiada satisfação —, é por isso que estamos planejando uma pequena descarga coletiva

REDAÇÃO DA ZWIEBEL
A IRONIA NA COMISSURA DOS BIGODES

mediante uma noite humorística. O adiamento, natural-mente, veio atrapalhar tudo e esperamos que a insatisfação seja agora suficientemente generalidade para possibilitar, graças ao atraso, um bom sarau humorístico.

seção LITERÁRIA

DOIS contra o mundo[8]

H. e M.K, pai e filha, lançaram-se à heroica tarefa de combater o mal por meio do seu livro *Como Endireitar o Mundo e Adquirir a Felicidade*. Com efeito, o opúsculo, baseado na tese de que é possível endireitar o mundo endireitando-se, primeiramente, o homem, está repleto de excelentes conselhos vazados em linguagem simples e otimista. Apoiando-se nos ensinamentos dos mestres do verbo e do saber divinos, pai e filha procuram divulgar-lhes os preceitos morais sem menosprezar a higiene espiritual e física. Daí se preocuparem, de um lado, com as ideias elevadas e, de outro lado, com os mosquitos, pulgas e ratos

---

8 De 15.12.1949.

REDAÇÃO DA ZWIEBEL
A IRONIA NA COMISSURA DOS BIGODES

– pormenores de grande importância e, no entanto, geralmente esquecidos.

O próprio autor destas linhas, embora coma carne,
goste de um bom uísque, fume e costume ir dormir a altas
horas da madrugada, reconhece que a luta contra tais vícios,
que ocupa ampla parte do livro, é decididamente uma boa
luta, digna dos maiores encômios. No que se refere ao uísque, o perigo não é tão grande, devido ao preço.

seção LITERÁRIA

AS 'seleções' o acompanham a TODOS os lugares e lugarzinhos

Por Anatol H. Rosenfeld, célebre industrial[9]

Como industrial e diretor de várias empresas, sou um homem muito ocupado e só raras vezes posso dedicar uns minutos por ano à leitura – e mesmo então, somente dividindo a minha atenção entre dois ditafones, duas secretárias (uma loira e uma morena), sete telefones, vinte e cinco botões que me ligam a centros importantes e dezenas de relatórios cotidianos. É claro que, nessa situação, posso dispensar apenas um único olho e uma ínfima parcela do meu poderoso cérebro para a leitura, e por isso escolhi as *Seleções das Seleções*, revista amena, espécie de banho morno do

---

9   No primeiro manuscrito, após o título Anatol acrescentou: "... declara o famoso industrial Basil Saturday Hopalong Holyday".

REDAÇÃO DA ZWIEBEL
A IRONIA NA COMISSURA DOS BIGODES

espírito, de efeito laxativo sobre almas mesmo que de tipo rigorosamente anal, e que me acompanha, por isso, a todos os lugares e lugarzinhos.

Tendo tão pouco tempo para ler, e menos ainda para escrever, é-me um grato prazer tecer os meus mais condensados elogios às condensações das *Seleções*. Com o progresso triunfal da ciência, que anda de braços dados com o progresso formidável da moral, é de se esperar que, futuramente, mesmo as condensações mais condensadas possam ser ainda mais comprimidas e concentradas, diminuindo assim o tamanho da revistazinha. Uma das minhas empresas está em vias de produzir uma máquina capaz de criar uma pressão de 10 milhões de atmosferas por centímetro quadrado, capacidade essa suficiente para condensar um livro de 15 milhões palavras (ou seja, de três quilos) a um pedaço de papel, contendo apenas nove palavras (ou seja, de 0,003 gramas, igual a um selo normal sem goma). Mas isso é só o começo. O ideal verdadeiro das *Seleções*, e que algum dia, como todos nós esperamos, há de realizar-se, é a sua autodestruição, o seu suicídio ou, em outras palavras: o seu desaparecimento total, por um processo de condensação absoluta, perfeita e radical.

"Finis operas" – *Seleções das Seleções*, edição do Primeiro de Abril.

Julimônides

seção LITERÁRIA

OS ÚLTIMOS PROGRESSOS DA CIÊNCIA

Condensado do livro: Limpe o seu Fígado com Otimismo[10],
*por William Oliver Fitzwilliam, Colorado Springs, Col.,
nascido Little Goose Canyon, Wyo., orador que se tornou
célebre pelos seus discursos sobre o otimismo,
criador do slogan: "Todo dia uma injeção de otimismo
a um tostão. O meu otimismo vale quanto pesa".*

O progresso brilhante da física e, principalmente, da teoria dos átomos, é largamente conhecido. Sabe-se que, na ânsia de progredir, os cientistas verificaram que a última e mínima unidade da qual se compõe a matéria não é propriamente o átomo, pois este, por sua vez, se divide em prótons, elétrons, nêutrons e diversas outras partículas menores que, como devemos supor, novos progressos dividirão novamente para maior brilho da ciência e confirmando assim a velha regra dos britânicos de que, para dominar, é preciso dividir.

Menos conhecido é que a microbiologia patológica ultimamente se encaminhou numa direção semelhante, verificando

10   Ver nota, p. 76.

REDAÇÃO DA ZWIEBEL
A IRONIA NA COMISSURA DOS BIGODES

que não são os próprios micróbios que provocam as doenças
em nós, mas sim micromicróbios que infeccionam os micróbios, de tal maneira que os cientistas passaram, ultimamente,
a vacinar não coelhos ou macacos ou homens, mas os próprios
micróbios adoentados e atacados por micromicróbios. Não é,
pois, o micróbio sadio e sacudido do tifo que nos mata, mas um
micromicróbio tifilítico[11] que, infiltrando-se no organismo do
micróbio do tifo causa um estado doentio deste e, assim, este,
por sua vez, causa a nossa doença.

Fácil é supor-se que os micromicróbios também
conhecem um estado sadio e somente quando são atacados
por mimimi-micróbios se tornam ofensivos aos micróbios.
Com o nascimento deste novo ramo da ciência, que se chama
pa-patologia-mi-micromicrobiológica, realiza-se não apenas um progresso formidável da medicina, mas também um
velho sonho dos gagos.

É natural que a cirurgia não poderia ficar para trás.
Depois da última invenção das Indústrias Singer, que saiu
com uma máquina de costurar incisões operativas, a Tece-
lagem, Indústria Chalmers Corporation, Milwaukee, Wis.,
Foxboro, Mass., Export Department-Chrysler Building,
405 Lexington Ave., New York, N.Y., USA, Cable Address
"Chalmy", General Officces: Cleveland, Ohio, USA, inventou

---

11 Supomos que o termo correto seria "tifoide", visto que a tifilite (donde o deri-
vado tifilítico) significa uma inflamação do ceco – parte do intestino grosso.

153

anatol 'on the road'

um processo, ainda mantido em segredo, de tecer epidermes, ou seja, pele humana. O primeiro homem que se pode gabar de possuir parcialmente uma pele artificial, absolutamente impermeável, é Mr. H. W. P. Whistler[12], bombeiro de St. Louis, Missouri, usa, que dando entrada, em estado desesperador, num hospital da dita cidade com queimaduras de primeiro, segundo, terceiro, quarto e quinto graus, foi submetido a uma operação pela dita indústria. Passando pelas referidas máquinas, Mr. H. W. P. Whistler, St. Louis, Missouri, usa, saiu com uma pele nova, em lindo padrão, despertando a inveja de todos quantos já o tenham visto. Algumas estrelas de Hollywood já se interessaram pelo novo processo — processo esse cujo aproveitamento, por enquanto, é reservado apenas aos milionários, considerando-se que um centímetro quadrado da dita pele custa vinte e cinco dólares.

12 Em inglês, assobiador, apitador.

seção dos leitores:

uma metalepse ficta

Caro redator,

Existem metafrastas latirrostros aos quais somente se pode responder ou com o metacarpo – o que naturalmente não se faz entre pessoas decentes – ou com o simples meta-cismo, na esperança de que tal procedimento, mesmo sem uso metaplástico, tenha efeito fulminante sobre o meta-bolismo do dito fúfio parafrasta. Não queremos fazer uma metacrítica a nenhum propiteco raucíssono – longe de nós tal metacrassismo polícomo. Já passamos do estado em que nos conduzia a metafísica da metábole. Mas não padece dúvida que há autores, cujo recurso retórico principal é a metástase largíflua, razão pela qual são capazes de criar

anatol 'on the road'

verdadeiras metaptoses no organismo social, morfologicamente descritas com sutileza por um polímata como soe ser o Dr. K, autor que, graças à sua clarividência metapsíquica, é capaz de descobrir, de uma forma inteiramente ficta, metástases e metalepses onde realmente não há vagas opiniões aruspíceas ou estigmatóforas, e sim fatos metálicos ou pelo menos metalíferos.

Há uma forma de metagênese espiritual, entre certos autores fulustrecos e estenocéfalos, mercê da qual surgem estudos sem verdadeiro metacentro e por isso, embora pluriflutuantes, sem nenhuma estabilidade centrípeta. Ainda assim, esses partos espirituais são capazes de provocar por sua vez o aparecimento de um novo autor. Novo autor que, saindo do seu latíbulo, nestas colunas se exprime sem metafonia, mas metaforicamente, através de frases metalescentes; autor que, não impressionando pelos metâmeros do metafrasta, exposto embora ao perigo de uma distanásia nessa atmosfera cheia de metano, corajosamente enfrenta os automostráceos. Esse autor, tendo como meta apenas a verdade, assina-se como este vosso

Atento
latacho e meteco[13]
Epaminondas Socrantístenes

13 Latacho: carcamano (italiano), e meteco: imigrante.

REDAÇÃO DA ZWIEBEL
A IRONIA NA COMISSURA DOS BIGODES

(Esta carta enviou-nos um erudito leitor, evidentemente inspirado na famosa mensagem de Macunaíma às
suas amazonas, para levar "ad absurdum" o estilo empo-
lado de certo nosso desafeto. É digno de nota que pudemos
verificar pelo dicionário que todas essas palavras realmente
existem e que o conjunto da carta dá um sentido pelo menos
tão claro quanto as extravagantes manifestações pseudointelectuais dirigidas contra nós pelo dito em certos órgãos
da imprensa judaica.) (N.R.)

seção DOS LEITORES:

RESPOSTAS aos LEITORES

W.
K., *Conchinchina*

O seu entendimento de que *Li-tai-Pe* seja a abreviatura do nome de uma firma de petróleo americana erra, neste aspecto, o alvo: trata-se muito mais de um truste para a produção de foguetes de aviões.

Ignaz Smolensk, Israel

Terpsicore não é nenhum feriado judaico, como qualquer judeu da Diáspora possa imaginar; trata-se, ao contrário, da razão social de um laboratório para próteses de pernas.

REDAÇÃO DA ZWIEBEL
A IRONIA NA COMISSURA DOS BIGODES

K. H. L., Rio de Janeiro

Brahma é a razão social de uma cervejaria. Os indianos possuem um mito sobre Brahma, tal como os gregos tinham um mito sobre Baco, o qual não se referia, porém, ao deus da cerveja, mas, sim, ao do vinho.

Recreação

Perguntas e respostas

(Cada resposta certa será compensada por três pontos. Quem alcançar 30 pontos, é um gênio; quem alcançar 15 pontos, é igual a Mr. Babbit; quem alcançar 3 pontos, é uma besta).

1.   De quantos fios de cabelos se compõe a barba de um semiariano adulto?

2.   Quem era o filósofo de mais de dois metros de altura?

3.   O que disse Spinoza sobre o creme dental Kolynos?

4.   Qual é o tamanho dos sutiãs usados por Alice Faye?

REDAÇÃO DA ZWIEBEL
A IRONIA NA COMISSURA DOS BIGODES

5.   Qual é a cor do esmalte usado por Dorothy Lamour no filme *Canção da Selva em Lua Menor*? (tradução brasileira do título inglês *She!*)

6.   Como ficar inteligente, culto e sábio num segundo sem esforço?

As demais respostas serão dadas no próximo número. A última, por ser muito importante, damos já: para ficar sábio num segundo sem esforço, o melhor meio é meter uma bala na cabeça e virar espírito.

recreação

o rádio-enigma da semana

Duas moças entram num hotel, falam com o hoteleiro e se retiram. Quantas horas são?
Falta um quarto para as duas. (Hihi!)

Recreação

como fazer amigos para melhorar os negócios[14]

*(Condensado do livro do mesmo nome,
por H. G. Karnickel)*

1. Esteja convencido de que os outros são mais idiotas do que você. Mas faça os outros pensarem que eles são menos idiotas do que você.

2. Aprenda de cor os nomes de todos os seus conhecidos, tome nota dos aniversários deles, dos seus endereços, fraquezas, qualidades, predileções e ideias fixas. Para esse fim, empregue uma secretária e dois detetives particulares. Monte um escritório para a compra de presentes por atacado e organize uma seção de expediente para distribuir os presentes

---

14 Ver nota, p. 76.

anatol 'on the road'

escolhidos de acordo com as qualidades, fraquezas, predileções e ideias fixas de todos os seus conhecidos.

Garantimos o resultado: depois de um ano, todos os seus conhecidos serão seus amigos e você estará às portas da falência. Será o primeiro a comprar a continuação do livro *Como Fazer Amigos?*, continuação essa que se chamará: *Como Fazer Inimigos?*. Quanto aos negócios, esses melhorarão — para nós...

ADAPTAÇÕES:
FACHEIROS DA IDADE MÉDIA[1]

---

1 Adaptação de narrações extraídas da obra de Alvin S. Luchs: *Torchbearers of the Middle Ages* (Behrman House, Inc., Nova Iorque, 1948), uma coleção de contos em que é descrita a vida de grandes vultos judaicos da Idade Média. O objetivo principal do autor foi o de apresentar trechos da história judaica de um modo atraente para leitores adolescentes, de 12 a 15 anos, a fim de inculcar-lhes um senso de orgulho em face das gloriosas realizações dos heróis e sábios judeus. Publicação feita pela Comissão de Ensino Religioso Liberal da CIP – Congregação Israelita Paulista, e pela *Crônica Israelita* (31.3, 1952 e 30.4.1952).

LEAL ATÉ À MORTE:
SAMUEL IBN ADIJAH

Há mais de mil anos, viviam muitos judeus entre os muçulmanos na Arábia – um país antigo de grande beleza. O ar estava perfumado pela fragrância de especiarias e flores. O país parecia ser um grande jardim semeado de cidades movimentadas. Durante o dia, as torres das sinagogas e mesquitas brilhavam como ouro puro à luz resplandecente do sol. Nuvens prateadas velejavam, ociosas, através dos profundos céus azuis. De noite, o firmamento formigava de estrelas que luziam como joias. O aroma da terra fecunda aumentava ainda mais a doçura e magia da noite árabe.

Naquele tempo, os judeus eram um povo importante nessa região do mundo. Muitos dentre eles alcançaram posições elevadas. Alguns se fizeram famosos como guerreiros

anatol 'on the road'

corajosos. Outros eram conhecidos como poetas, cujos cantos jubilosos e versos cheios de formosura tornavam-nos caros a todos.

Não muito distante de Medina, uma cidade próspera onde Maomé, o profeta, passara os últimos dias de sua vida, vivia um grande guerreiro e poeta judeu chamado Samuel Ibn Adijah. Ele escrevia belos versos, encanto e tesouro não só dos seus irmãos judeus, mas também dos árabes muçulmanos entre os quais residia. Os seus versos glorificaram a grandeza do povo judeu e falaram de suas esperanças no porvir.

Sendo ao mesmo tempo um famoso guerreiro, comandava um exército de soldados, tanto muçulmanos como judeus. Sempre que turbas de bandidos invadiam a vizinhança, Samuel e a sua legião iam ao seu encontro para expulsá-los. Muito rico — Samuel era considerado um dos homens mais abastados de seu tempo —, vivia de forma principesca num dos castelos mais bem fortificados de toda a Arábia. Seu castelo estava situado numa colina majestosa e era conhecido como asilo, em que todos os viajantes encontravam hospitalidade e repouso. Tão grande era a reputação do dono devido à sua cordialidade e ao seu coração hospitaleiro que os viageiros, indo à Síria ou vindo de lá, nunca passavam à frente de sua mansão sem antes se deterem para visitar Samuel, permanecendo durante um ou dois dias em sua companhia.

adaptações: facheiros da idade média

Certo dia, Samuel estava sentado na grande sala do castelo, absorvido na composição dos belos versos que todo mundo conhecia tão bem. De repente, notou-se um grande tumulto no pátio. Incomodado pelo ruído, o guerreiro e poeta desceu ao pátio a fim de se inteirar da causa do distúrbio. Os seus olhos logo descobriram um árabe numa armadura esplêndida e uma menina que se chegava a ele em busca de proteção. Os dois estavam cercados por guardas que lhes vedavam a entrada no castelo.

— Anru! — exclamou Samuel, reconhecendo no árabe o filho de um famoso príncipe árabe. Imediatamente, ordenou aos guardas que se afastassem e convidou Anru e sua pequena filha, Hinda, para que entrassem no castelo.

Todavia, ao chegarem à sala interna, Anru, exausto de fome e cansaço, desfaleceu; porém os criados o reanimaram e trouxeram alimentos e bebidas para o príncipe e sua filha. Quando se sentiram mais à vontade e reconfortados, Samuel, notando que algo lhes perturbava os corações, procurou descobrir o que os trouxera para a sua casa com tamanha urgência e em tão aflito estado.

— Que dor te aflige? — perguntou Samuel com calor, acariciando os cabelos veludosos e negros da pequena Hinda.

— Traidores usurparam o trono e assassinaram o meu velho pai — respondeu com voz triste o príncipe — Eles teriam matado também a pequena Hinda, mas...

anatol 'on the road'

— Foste perseguido?

— Sim, mas escapamos dos rebeldes e o meu veloz corcel trouxe-nos com segurança até a tua casa. A tua simpatia e hospitalidade são conhecidas em toda parte, assim, portanto...

— Fizeste bem e és benvindo aqui — disse Samuel.

Anru pediu ao amável anfitrião que lhe desse abrigo, a ele e à filhinha, até que pudesse obter auxílio. Seu intuito era reunir um exército a fim de se vingar dos assassinos de seu pai. Tanto ouvira falar de Samuel e da sua lealdade àqueles que protegia que Anru preferiu confiar-se às mãos do guerreiro e poeta judeu em vez de procurar refúgio debaixo do teto de um chefe árabe.

Samuel, sempre hospitaleiro, recebeu o príncipe árabe e sua filha com alegria e tratou-os com generosidade. Um ano se passou, rápido e ameno. Hinda acabou gostando do novo ambiente. Todos os dias brincava nos belos jardins do palácio com o filhinho de Samuel e, assim, os dois se tornaram companheiros inseparáveis.

Anru, porém, tornava-se irrequieto e desassossegado. A memória do pai assassinado atribulava-lhe a mente e doía-lhe no coração. Finalmente, decidiu abandonar a paz e segurança do castelo a fim de reunir um grande exército devotado à tarefa de vingar o pai e de recobrar as propriedades perdidas. Apenas uma coisa preocupava Anru. A mera ideia de levar Hinda consigo em sua empresa arriscada

ADAPTAÇÕES: FACHEIROS DA IDADE MÉDIA

inspirava-lhe pavor. Assim, pediu a Samuel que cuidasse da criança durante sua ausência, pois sabia que ninguém fazia mais jus a essa confiança do que o seu benfeitor. Samuel comprometeu-se a proteger a pequena Hinda e a guardar os bens do príncipe até a sua volta. O árabe despediu-se carinhosamente da filhinha e do bom amigo e partiu para a sua longa aventura cheia de perigos.

Hinda sentia-se muito feliz no castelo. Samuel acabou gostando de tal forma da menina que a tratava como se fosse sua própria filha. Sempre que dava um presente ao seu pequeno filho, alegrava a pequena com um presente de igual beleza. Todo dia levava ambas as crianças para passear nos seus lindos jardins.

Assim, tudo fez para encher o coração da pequena hóspede de felicidade e contentamento. Contudo, mal se passaram algumas semanas após a partida do pai e a pequena Hinda começou a sentir saudades do pai ausente. Samuel consolou-a dizendo-lhe que seu pai logo estaria de volta. Não sabia, ainda, que Samuel jamais retornaria.

Com o passar do tempo, os inimigos do príncipe árabe reuniram as suas forças. Certo dia, as suas legiões apareceram, repentinamente, diante das muralhas do castelo de Samuel, conclamando o dono a entregar-lhes a pequena Hinda.

— Entrega-nos a filha de Anru e os bens que guardas para ele! — gritou o chefe.

anatol 'on the road'

— Nunca! — retrucou depressa Samuel, o qual, qualquer que fosse o sacrifício, haveria de permanecer leal ao príncipe.

— Se recusares, matar-te-emos! — ameaçou-o o chefe.

Samuel, todavia, continuou firme na sua resolução de proteger a filha e os bens do amigo, ainda que com perigo de vida.

Os árabes prepararam-se para executar a sua ameaça. Cercaram a área e assediaram a praça forte. Mas a orgulhosa fortaleza resistiu; e depois de muitas semanas de lutas exaustivas os árabes se retiraram, já que parecia impossível tomar o castelo. Contudo, não se afastaram muito. Apenas desejavam produzir a impressão de que tinham desistido da sua investida; na realidade, esconderam-se nas densas florestas em torno do castelo.

Logo depois de sua retirada, o pequeno filho de Samuel saiu da cidadela para passear sozinho no bosque. Um soldado árabe arremessou-se sobre ele e o prendeu. Logo o levaram para diante do cruel chefe árabe, que o deteve como refém.

O guerreiro assassino foi ter com Samuel e lhe disse:

— Entrega-nos a filha do nosso inimigo senão mataremos o teu filho.

Essa ameaça atordoou Samuel, mas somente durante um instante ele hesitou.

— Escolhe! — prosseguiu o chefe impiedoso. Escolhe entre a vida de teu filho ou a filha do nosso inimigo!

adaptações: facheiros da idade média

Samuel pediu ao árabe que não matasse o seu pequeno e inocente filho. Mas o árabe não se apiedou.

– Promessas são sagradas – disse Samuel. Prometi segurança e proteção para a pequena Hinda, e mesmo se tiver de perder a minha própria vida, ela nada sofrerá.

Ao ouvir isso, o iracundo muçulmano enfureceu-se ainda mais e concedeu a Samuel três minutos para decidir o destino do filho. Porém, o guerreiro e poeta judeu já fizera a sua escolha.

– A confiança de Anru é sagrada – disse Samuel com voz triste. Não posso abandonar a sua filha. Sacrificarei o meu próprio filho para não manchar a minha honra. A honra, uma vez perdida, nunca pode ser recuperada.

– Corta a cabeça do menino! – ordenou o selvagem árabe, e Samuel sussurrou uma lamentação agoniada.

Todavia, não violara a sua promessa. Embora profundamente ferido pelo destino trágico do querido filho, nunca se arrependeu de sua decisão. A partir daquele dia, todos os chamavam de "Samuel, o leal". Até hoje, quando um árabe deseja exprimir que um homem é digno da mais profunda confiança, costuma dizer: "Ele é tão leal quanto Samuel".

O REI BULÃ E OS KAZARES
UM PAGÃO QUE SE TORNOU JUDEU[2]

Não muito distante da formosa Arábia, onde Samuel Ibn Adijah conquistara fama e honras, estendia-se o reino dos kazares, um grande e belicoso povo.

Os kazares viviam num enorme território da Rússia meridional, ao longo das costas do mar Negro e do mar Cáspio. O reinado compunha-se de turcos, búlgaros e eslavos, gente cruel e guerreira. Os povos da Europa meridional sentiam grande medo dos kazares por causa do seu poderoso exército e dos seus terríveis generais, que frequentemente iniciavam guerras contra os seus vizinhos, os persas e os árabes.

---

2 Para uma ideia geral sobre a "Questão Kazar" cf. Milorad Pávitch, *O Dicionário Kazar*, SãoPaulo, Marco Zero, 1989.

ADAPTAÇÕES: FACHEIROS DA IDADE MÉDIA

Embora meio selvagens, os kazares tinham a sorte de contar com reis que não somente eram poderosos, mas também justos e sábios. Os seus soberanos procuravam, constantemente, meios para melhorar o destino dos seus súditos e estes eram de tal modo leais aos seus reis que, de bom grado, teriam feito tudo quanto deles se pedisse.

O povo desse grande Estado era pagão, isto é, não acreditava em Deus, mas tinha uma religião estranha, com cerimônias bárbaras, ídolos, feitiços e bruxarias. Estavam convencidos de que os seus magos podiam curá-los quando estavam doentes, e que os ídolos iriam protegê-los em face do inimigo.

Foi por volta de 700 que o nobre rei Bulã subiu ao trono do reino dos kazares. Da mesma forma que o seu povo, Bulã era pagão. Contudo, não era propriamente adepto da religião do seu país, chegando mesmo a rir das tolices que ela ensinava.

De qualquer modo, Bulã era um rei de grande sabedoria. Meditava profundamente sobre a religião do povo. Todavia, quanto mais refletia, tanto mais ficava perturbado, pois sentia que a crença dos kazares era falsa, sem que soubesse o que fazer para remediar a situação. Conversava com muitos negociantes e viajantes da Babilônia, Turquia e Espanha, e quando quer que encontrasse um homem sábio dentre eles, começava a fazer muitas perguntas a respeito da religião e dos costumes populares daqueles países distantes.

anatol 'on the road'

Todavia, tudo que aprendeu desse modo aumentou a sua insatisfação com as crenças do seu próprio povo.

Com o passar do tempo, o rei Bulã sentia-se cada vez mais confuso e triste. Um grande peso apertava-lhe o coração. Sonhos e pensamentos estranhos vinham visitá-lo à noite, povoando-lhe a mente com ideias desconexas e, então, tudo lhe parecia incompreensível. Às vezes chegava a imaginar que uma Voz lhe estava falando ao ouvido, embora ninguém mais estivesse na sala.

Certa noite, Bulã sentia-se mais desassossegado do que de costume. Revolvia-se incessantemente no seu leito. Somente com dificuldade conseguia respirar e, por mais que se esforçasse, o sono reparador não veio cerrar-lhe as pálpebras.

Repentinamente, pareceu-lhe que ouvia aquela Voz dirigindo-lhe a palavra. Desta vez, resolveu fazer tudo para escutar bem e para compreender aquilo que a Voz estava dizendo. Ergueu-se, ficando sentado na cama. De novo ouviu a Voz, mas não entendeu o sentido das palavras. Depois, precisamente quando tornava a estender-se na cama, tornou a ouvir a Voz.

— Certamente é o vento — murmurou Bulã de forma quase inaudível.

— Sou Eu quem manda o vento — respondeu a Voz.

Agora o rei estava certo de que não se tratava de um logro de sua imaginação; não havia dúvida: ele, Bulã, estava

ADAPTAÇÕES: FACHEIROS DA IDADE MÉDIA

ouvindo a Voz. O seu coração latejava surdamente. Saltou da cama, mantendo-se atento. Logo a Voz tornou a falar. Uma Voz linda e suave, semelhante ao murmúrio sedoso de uma brisa primaveril que brincasse com um grande órgão, produzindo harmonias de indizível beleza.

– Que a paz seja contigo, Bulã – disse a Voz – O que fazes é agradável a Deus, mas a tua crença e a crença do teu povo não agradam a Ele. Tuas ações são as de um justo, mas os teus pensamentos são os de um tolo. Tu e o teu povo não deveis ter ídolos, nem deveis inclinar-vos diante deles e adorá-los. Deverás ter fé no Supremo, que é único e eterno.

Durante muito tempo Bulã ficou imobilizado; sentia-se assombrado e cheio de medo, mas ao mesmo tempo estranhamente livre, mais livre do que nunca. Uma sensação de paz, nunca dantes sentida, desabrochou na sua alma. Ele se deitou de novo e rapidamente um sono profundo deu-lhe o repouso que até então procurara debalde.

No dia seguinte, o rei Bulã chamou os homens mais sábios do reino. Perguntou-lhes o que pensavam de Deus e da religião. Porém, depois de ter ouvido atentamente o que sabiam, aborreceu-se porque, mesmo esses sábios, não notavam o quão estúpida e tola era a religião dos kazares.

Quando, à noite, estava deitado na sua cama, sem sono, Bulã esperava que voltasse a ouvir a Voz. Não passou muito tempo e o seu desejo se realizou. Mais uma vez a Voz se fazia ouvir – a mesma Voz profunda e suave da noite anterior.

anatol 'on the road'

Mais uma vez escutava aquelas palavras ordenando-lhe, a ele e ao seu povo, que tivessem fé em Deus.

Na manhã seguinte, com o coração em festa mas com a face tranquila e firme, o rei Bulã proclamou que se findara a época da adoração dos ídolos. Decretou que se incendiassem os falsos deuses e se expulsassem os feiticeiros do reino. Não foi melhor a sorte dos magos, pois tinham que fugir para salvar a vida. Com um golpe rápido, Bulã modificou profundamente a vida do seu povo, transformando os súditos bárbaros, que adoravam ídolos, em seres civilizados. Assim, ele iniciou um grande empreendimento, mas não tinha a mínima ideia de que modo deveria levar adiante e terminar a sua tarefa. Uma coisa porém sabia: estava certo de que acreditava em Deus – e foi isso o que anunciou ao seu povo.

A grande nova correu mundo. Pouco tempo depois, os reis dos países muçulmanos enviaram mensageiros ao rei Bulã, carregados de preciosos presentes como sinal de boa vontade. Cada embaixador tentava ganhar os favores do rei a fim de que ele aceitasse a religião muçulmana. Também o imperador cristão enviou ricos presentes ao rei Bulã na esperança de os seus súditos se tornarem cristãos.

Bulã sabia pouco das religiões muçulmana e cristã, tanto assim que não tinha certeza se deveria aceitar uma delas. O fato é que lhe parecia difícil decidir-se com rapidez numa questão de tamanha importância. Todavia, estava convencido de que Deus lhe indicaria o caminho certo.

adaptações: facheiros da idade média

Muitos viajantes costumavam passar pelo país dos kazares e foi deles que Bulã soubera que os povos do mundo se dividiam principalmente em três grandes religiões: o islamismo, o cristianismo e o judaísmo. Bulã não pensava que o judaísmo fosse a religião certa para ele, pois os judeus eram um povo humilde e a maioria dos demais não gostava deles. Assim, ordenou ao seu primeiro ministro que mandasse vir um sacerdote da religião muçulmana e outro da crença cristã a fim de que lhe explicassem as suas ideias. Estava ele decidido a aceitar a religião que lhe parecesse a melhor depois de ter ouvido os sacerdotes.

O adepto de Maomé expôs ao rei tudo quanto sabia a respeito da sua religião. No entanto, Bulã sentia que não podia acreditar nas ideias do islamismo. Depois o cristão falou de Deus e de Jesus, tentando mostrar a Bulã como é maravilhoso o cristianismo. Mas o sábio rei fez muitas perguntas, às quais o sacerdote não conseguiu responder. Contudo, Bulã notava que cada qual, ao explicar a sua própria religião, frequentemente mencionava o judaísmo como a crença de que se originara a sua própria fé. Ambos honravam a Moisés, o grande legislador judeu, e ambos respeitavam a Torá. Assim, acabou pensando que, embora os judeus fossem desprezados, a sua religião devia ter um grande valor. Parecia-lhe que não poderia escolher com honestidade a sua própria religião antes de ter falado com um rabino judaico.

anatol 'on the road'

Pouco tempo depois, Bulã recebeu um rabi na sala do trono. Ele falou ao rabi sobre a Voz que ouvira e sobre as suas discussões com os dois sacerdotes. Muitos dias se passaram. O rabino permaneceu no palácio. Ele falava e falava sobre a religião judaica, expondo-a a partir do início. Sabia responder a todas as perguntas, fato que impressionou profundamente o rei. Contudo, ainda que Bulã quase estivesse decidido no seu íntimo, desejava estar bem certo. Assim, mandou chamar de novo o sacerdote muçulmano.

— És um adepto de Maomé — disse o rei. Contudo, se não fosses um muçulmano, qual religião escolherias?

— Depois da crença dos muçulmanos — respondeu o sacerdote —, não há religião que seja superior à dos judeus, a qual nasceu da Torá de Moisés...

Bulã despediu o muçulmano e fez com que o cristão viesse de novo para falar com ele.

— Se não fosses um cristão, qual seria então a tua fé? — perguntou Bulã de novo.

— A religião judaica, naturalmente — respondeu o sacerdote cristão. A religião do grande profeta, de Jesus.

Eis que Bulã estava certo de ter encontrado a verdadeira fé! Humildemente, agradeceu a Deus pela Voz que dera paz à sua alma e a religião verdadeira ao seu coração. Assim, aceitou a religião judaica para si próprio e, logo, todos os nobres da corte o seguiram. Grande júbilo reinava no país e, aos poucos, boa parte do povo converteu-se ao judaísmo.

adaptações: facheiros da idade média

Mais tarde, Bulã decretou que, após a sua morte, todos os reis dos kazares teriam de ser judeus. Mas a lei concedia tanto aos muçulmanos quanto aos cristãos e a todos os outros cidadãos do reino plena liberdade para prestarem culto da maneira que lhes parecesse certa.

O CAMINHO ERRADO
ANAN BEN DAVID

Com a vitória do judaísmo, paz e compreensão se difundiram na vida do povo dos kazares. Porém numa outra parte do mundo – na Babilônia – nuvens sombrias se acumulavam.

A Babilônia era famosa em virtude do seu esplendor, dos seus grandes templos e dos seus belos edifícios. Nas cidades desse país poderoso residiam muitos cidadãos, e inúmeros negociantes e viajantes costumavam visitá-las. A sua comunidade judaica era grande e importante, contando com muitas personalidades eruditas. O chefe dos judeus da Babilônia chamava-se Exilarco[3]

3 *Resch Galutá*: Chefe do Exílio, Exilarca, título dos cabeças das comunidades judaicas na Babilônia, desde o século V a.C., até quase o século X de nossa era. (N. do C.)

ADAPTAÇÕES: FACHEIROS DA IDADE MÉDIA

Por volta de 760, o Exilarco faleceu. Não deixou filhos como sucessores. Um parente afastado, chamado Anan Ben David, entendeu que deveria ser o novo regente. Contudo, ao invés de elegerem Anan, os rabinos escolheram seu irmão mais novo, Josias; em primeiro lugar porque Anan Ben David, embora sendo um homem erudito, era orgulhoso e arrogante, ao passo que o seu irmão fazia--se notar pela sua delicadeza e humildade; depois, porque Anan tinha sido acusado de não obedecer às leis rabínicas, enquanto Josias as respeitava, vivendo em concordância com elas.

A ira de Anan foi terrível quando o rei muçulmano, o Califa, aceitou a escolha dos rabinos, procurando Josias, o Exilarca dos judeus. Todavia, Anan não pensava em admitir a sua derrota. Muito pelo contrário. Tramava uma revolta contra o reinado do Califa, cujos soldados acabaram prendendo-o e levando-o ao palácio. Anan foi condenado à morte e enviado à prisão a fim de aguardar o dia da execução.

No presídio, Anan conheceu um sacerdote muçulmano que acabou sentindo simpatia por ele. O prisioneiro moslêmico[4] tornou-se o seu conselheiro e, juntos, conspiravam para salvar Anan da morte.

4 Referente, pertencente ou próprio do moslém ou mosleme (muçulmano). (N. do C.)

anatol 'on the road'

— Tua pressa tola quase te empurrou para o túmulo — disse o muçulmano com voz triste.

— O que é então que me aconselhas? — exclamou Anan com amargura.

— Paz, meu filho — disse o piedoso muçulmano, que também atraíra a malquerença do Califa.

— Paz? A sombra da morte se estende sobre mim. Não tens um...

— Com efeito, tenho um plano — disse o mosleme com voz branda.

— O que desejas que eu faça? — perguntou Anan.

— Podes tomar a fé do teu povo e a crença do meu povo e, de ambas, podes formar uma nova religião semelhante aos ensinamentos de Maomé. Farás então com que o teu próprio povo adote essa nova crença e tal empresa encontrará favor perante os olhos do Califa.

— O sol está se tornando mais luminoso — disse Anan tranquilamente, agradecendo ao sacerdote muçulmano. — Eis um plano excelente. Que os teus dias sejam numerosos e se prolonguem infinitamente!

— Os caminhos de Alá são justos. Que Alá seja contigo! — disse o outro.

A partir desse momento, Anan começou a pensar em como poderia levar adiante o plano do sacerdote muçulmano. Parecia-lhe que não iria ser demasiadamente difícil, pois havia muitos judeus que não gostavam

ADAPTAÇÕES: FACHEIROS DA IDADE MÉDIA

de obedecer às leis rabínicas. Enquanto estudava o plano, seus pensamentos voltaram-se para os tempos passados, quando as leis rabínicas começavam a se desenvolver.

Aquilo se iniciara há centenas de anos antes do seu tempo. Os grandes rabinos que tinham estudado a Torá (os primeiros cinco livros da Bíblia) criaram a Mischná. Depois de sua conclusão, outros rabinos do terceiro e do quarto séculos continuaram os estudos e encontraram novas ideias na Torá e na Mischná. Por volta de 500, tais ideias e concepções foram reunidas por dois rabinos, Rabi Aschi e Rabina. Com base nesses trabalhos e nos do sábio Judá há-Nassi, desenvolveu-se o Talmude, grande obra que contém todas as leis importantes do judaísmo.

Durante muitos anos os judeus continuaram seguindo as prescrições do Talmude. Todavia, com o passar dos tempos, alguns achavam que naquela obra houvesse um número demasiadamente grande de leis. Desejavam voltar à Torá como o seu único código, mas os rabinos eram contrários a essa ideia porque não queriam renunciar ao Talmude, obra plena de um imenso acervo de sabedoria. Além de tudo, os rabinos nutriam a opinião de que as leis talmúdicas tinham sido elaboradas especialmente para satisfazer as necessidades de um período bem diverso daquele da época bíblica.

Na Arábia, os judeus eram principalmente guerreiros e negociantes. Portanto, tinham pouco tempo para os estudos,

anatol 'on the road'

tanto assim que era difícil para eles entenderem o significado do Talmude. Além disso, tendo descoberto que muitas leis talmúdicas não constavam na Bíblia (ou pelo menos na parte chamada Torá), eis que começaram a modificar as leis dos rabinos, recusando-se a segui-las. No que diz respeito aos rabinos, sempre se empenharam em tornar fácil a tarefa de obedecer à Bíblia. Assim, por exemplo, faziam o possível para que se tornasse um prazer a obediência à lei estrita do Schabat, diminuindo o rigor do mandamento bíblico. Porém os judeus opostos aos rabinos e ao Talmude desejavam seguir todas as leis do Schabat até os mínimos detalhes. Por isso, insistiam em permanecer, durante o Schabat, em quartos escuros e frios porque a Bíblia não permite acender fogo naquele dia sagrado; nem ao menos admitiam que se desse remédio aos doentes porque isso significava, ao que diziam, a realização de um trabalho capaz de macular a santidade do Schabat.

Pensando em todas essas coisas, Anan Ben David convenceu-se de que seria bastante simples lançar a nova religião, de acordo com o conselho de seu amigo muçulmano. Sabia ele que o movimento de desobediência aos rabinos e ao Talmude provavelmente logo se extinguiria. Contudo, com um chefe vigoroso e erudito para impelir o povo a abandonar o judaísmo e a adotar a nova religião, aquele movimento poderia se tornar uma chama capaz de abrir-lhe o caminho da glória e da liberdade.

adaptações: facheiros da idade média

Anan deu ao novo grupo o nome de Caraítas. Caraíta provém da palavra *K're*, da língua aramaica, significando "Escritura" ou "Bíblia". Anan elaborou a nova crença servindo-se de pensamentos judaicos e muçulmanos. Os caraítas não seguiriam as leis do Talmude, considerando-as despidas de valor. Obedeceriam somente às velhas leis da Bíblia. Tendo traçado o plano, Anan sentia-se pronto para agir. Enviou um dos seus adeptos ao Califa com presentes bonitos e preciosos. Anan era um homem rico e não poupou dinheiro para conquistar a simpatia do chefe muçulmano. O mensageiro pediu ao Califa que examinasse de novo o caso de Anan. O Califa, deslumbrado pelos lindos presentes, concedeu a Anan um novo processo. Quando viu chegado o momento certo, Anan atirou-se aos pés do Califa e exclamou:

— Senhor dos crentes, fui acusado injustamente. A tua benevolência deveria iluminar o meu destino, pois teu reinado me é sagrado. Longe estava eu de querer impor-me como Exilarco dos judeus. A minha é diversa da religião judaica.

O Califa quedou surpreso.

— Não desafiaste a liderança de Josias? — perguntou o soberano.

— Grande Califa — argumentou Anan —, não tenho nenhuma contenda com Josias, nem com a tua sabedoria!

O Califa interrogou Anan e este começou a explicar a sua nova religião, pensando nas coisas que aprendera com

anatol 'on the road'

o prisioneiro muçulmano. O chefe moslemita logo reconheceu na concepção de Anan muitos pontos semelhantes à sua própria religião. Quando finalmente começou a exaltar o profeta Maomé, Anan conquistou a benevolência do Califa, o qual o libertou de vez na esperança de que a sua fé atrairia muitos adeptos.

Em seguida, Anan pôs-se a escrever um livro sobre o caraísmo. Depois, viajava pelo país inteiro insistindo em que os judeus se convertessem. Ele era um eloquente orador e, rapidamente, persuadiu milhares de judeus a abandonarem a sua religião.

Os caraítas viviam segundo leis feitas para uma época que já se fora há um ou dois mil anos. Após certo tempo, acharam que não se podia viver de um modo razoável quando as leis, segundo as quais viviam, não correspondiam às necessidades da época. As leis do Talmude haviam sido modificadas de quando em vez, na medida em que os rabinos achavam que alguma das prescrições mais antigas não servia mais para o povo. Naturalmente, isso não se aplicava aos caraítas, pois eles não admitiam mandamento algum que não proviesse diretamente da Bíblia.

Desse modo, eliminaram a Festa de Chanucá porque a história dos macabeus não é narrada na Bíblia. Eles aceitavam os grandes líderes judaicos como guias e profetas, mas também acreditavam em Jesus e em Maomé. Estabeleceram uma lei de acordo com a qual era obrigatório rezar sete

ADAPTAÇÕES: FACHEIROS DA IDADE MÉDIA

vezes por dia, da mesma forma como o faziam os muçulmanos, embora o Talmude somente prescrevesse aos judeus três orações por dia.

Igualmente, afastavam-se totalmente dos rabinos, com os quais nada queriam ter em comum. Negavam-se até a tomar uma refeição nas casas dos rabinos e, de modo algum, teriam casado com um membro de suas famílias.

O movimento caraíta permaneceu extremamente vigoroso durante a vida de Anan Ben David e a de seu filho Saul, que sucedeu o pai como príncipe dos caraítas. Todavia, depois de cem anos o movimento entrou em decadência. Até hoje, não obstante, existem ainda pequenas colônias caraítas dispersadas pela Rússia, Polônia e Turquia.

contos

o 'mínien' manco

Passamos por Jaraguá, pequena estação perdida no sertão imenso do Mato Grosso. Uns casebres, choupanas miseráveis, caboclos sonolentos acocorados, de chapéus de palha, e ao redor o mato silencioso estendendo-se até o coração escuro da solidão.

Quando o trem já ia saindo da estação, chamou a minha atenção um moço alto, de ombros largos, que justamente abandonava a plataforma e se encaminhava solitariamente para o mato.

— Figura estranha essa, neste sertão — disse eu ao meu companheiro de viagem — Vi-o só de costas, mas parecia de certo modo ser muito distinto. Me impressionou até, não sei como e nem por quê...

anatol 'on the road'

—Também o vi—disse meu companheiro. Conheço-o, mas não deu tempo para chamá-lo. É, por assim dizer, um patrício meu. Você não se enganou: é um rapaz extraordinário.

— Patrício? Como? E por que "por assim dizer"?

— É judeu como eu, mas é da Rússia, ao passo que eu sou polonês.

—Vocês fazem essa diferença? Pensei que vocês fossem um só corpo e uma só alma, todos judeus da mesma maneira.

—Isto pensam vocês. Mas entre nós, fazemos essa diferença. Os pretos, para nós, têm todos a mesma cara. Mas eles, entre si, se reconhecem. O judeu francês pensa que seja superior ao judeu alemão. Este pensa que seja superior ao judeu polonês, o qual, sendo do norte, se gaba de ser superior ao judeu do sul. O judeu da Rússia acha que é melhor que o judeu da Bessarábia. Porém o judeu inglês crê que está acima de todos. Os judeus poloneses falam ídiche, que é um dialeto alemão. Mas ultimamente os judeus alemães fazem o máximo esforço para falarem inglês. Eles acham que isso é *smart* (esperteza, inteligência).

Meu companheiro chamava-se Salomão. Viajava com ele há dois dias, desde Bauru. Os carros-dormitórios estavam superlotados e fazíamos todo o enorme percurso sentados um ao lado do outro, no banco pouco macio, trançado de palha dura. Tomamos juntos o nosso aperitivo, almoçamos juntos e ficamos sujos em comum pela mesma

contos

poeira vermelha que se infiltrava pelas frinchas das janelas e que cobria tudo, os bancos, o chão, as malas, os rostos
e as mãos, e que entrava sem misericórdia nas narinas, nos
olhos e gargantas e até nas almas, envolvendo-as em nuvens
de enfado e nojo.

Depois das primeiras horas de viagem descobrimos,
Salomão e eu, que podíamos falar, se quiséssemos, na nossa
língua paterna, compreendendo-nos perfeitamente. O ídiche que ele falava tinha uma semelhança estranha com a
minha língua, o alemão suíço. Salomão era um homem de
seus cinquenta anos, de estatura corpulenta. Tinha cabelos grisalhos e uma fisionomia viva, extremamente flexível.
Seu nariz grande e curvado, a boca larga e tortuosa, de
dentes falhos, que amiúde esboçava um sorriso cínico, os
olhos escuros e brilhantes, davam-lhe uma característica
de vivacidade e esperteza alegre na superfície, mas duma
inquietude nervosa e dolorosa no fundo. Como alguns
viajantes de profissão, ele trabalha com a personalidade
exterior, alegre e viva, escondendo e talvez esquecendo a
melancolia fundamental.

— Encontrei-o a última vez numa pequena cidade do
Estado de São Paulo — disse Salomão — Isso já faz um tem-
pinho. Teve lá um papel importante numa história que
aconteceu. Foi uma história interessante.

— Até chegarmos a Porto Esperança — disse eu — há bastante tempo para contar várias histórias. Conte essa.

anatol 'on the road'

— Aquela cidade — começou Salomão —, cujo nome não posso mencionar por discrição, é bem pequenina e lá tudo é exatamente tão vermelho de poeira como aqui. Imagine uma cidade eternamente envolta numa atmosfera saturada de nuvens roxas. E quando chove, é a lama, na qual a gente atola, sobre a qual a gente escorrega, com enormes blocos de barro gorduroso nas solas e nas pregas das calças. Acredite, uma cidade assim suja até os pensamentos e sentimentos. Não há nada que se conserve limpo, a camisa e tampouco o coração. Só conhecendo esses detalhes é que você compreenderá o caso que, naquela ocasião, se desenrolou naquele lugar. Refiro-me a alguns judeus que vivem lá, mantendo lojas de roupas feitas. Consta que, onde existam algumas famílias judias, há entre elas uma luta silenciosa, subterrânea, de dentes e punhos cerrados. A concorrência comercial devasta tudo. Imagine como isso se apresenta numa cidade de mentalidade roxa, poeirenta.

— Será possível? — disse eu, admirado — Pensei que os israelitas vivessem em harmonia perfeita, bem agarrados uns aos outros, e que se amparassem mutuamente. É assim que pensamos nós, pelo menos na Suíça.

— Isso é uma brincadeira inventada pelos antissemitas — disse Salomão com o seu sorriso meio cínico — Realmente, quando são ricos ajudam os pobres filantropicamente. Mas ai dos pobres quando vão ficando ricos também! Então, aqueles que antes os ajudaram rebentam. Acham que há uma injustiça medonha.

— Eu não falaria assim tão mal dos judeus. Os membros de outras nacionalidades agem da mesma maneira. Enfim, os judeus são uma grande raça. Produziram muitos gênios... Einstein... Zweig... Freud... Ehrlich...

— Não fale bem dos judeus, por favor! — exclamou Salomão quase assustado, e estendendo com vivacidade os braços, ele me tocou levemente com as palmas das mãos, como num movimento de defesa — Se você continuar assim, chegarei à conclusão de que você é antissemita também. Só esses é que destacam as nossas qualidades. É como dizer duma moça que ela tem belas orelhas. A Maria? Que lindas sobrancelhas ela tem! Falta só você dizer que nós temos muito dinheiro. Ter muito dinheiro é hoje reconhecidamente uma vergonha.

Ele silenciou durante alguns instantes, contemplando a paisagem monótona que rolava vagarosamente para trás — campos pálidos, arenosos, já batidos, apesar da hora matinal, pelo sol violento, planalto imenso, manchado por arbustos ressecados, avermelhados pela poeira.

— Acontece — continuou Salomão —, que há naquela cidade duas famílias judias poderosas, em torno das quais se agrupam os servos humildes, de bens materiais mais modestos. É exatamente como em *Romeu e Julieta*: as duas famílias por assim dizer nobres, seguidas pelos respectivos vassalos, se combatem com

anatol 'on the road'

ferocidade incrível, com um ódio verdadeiramente arcaico. Mas não receie: não há nenhum Romeu na minha história, e muito menos uma Julieta. E no entanto, creio que é uma história de amor.

As duas famílias são extremamente hospitaleiras, acolhendo o forasteiro com os braços abertos e cobrindo-o com gentilezas. Dá-se porém o caso de que um dos casais, digamos de nome Mandelbaum, é simpático em alto grau, ao passo que o outro, chamemo-lo Pilnitski, não inspira simpatia. Isso é um fenômeno genuíno, neste caso, inexplicável. Até a natureza simpatizou mais com os Mandelbaum, dando-lhes de presente cinco filhos sacudidos, ao passo que aos Pilnitski só lhes saiu uma filha meio doentia, e vesga ainda por cima. Mas talvez se dê justamente o contrário. Talvez se tornassem antipáticos por terem sido pouco favorecidos pela natureza. Os Pilnitski, aliás, tiveram um filho – era um belo rapaz. Mas morreu aos quatorze anos de tifo, creio que em 1938, faz uns cinco ou seis anos.

O Mandelbaum é um homem de seus cinquenta anos, miudinho, com a barba geralmente mal feita. Tem bastos cabelos grisalhos, uns olhinhos pretos e agudos por trás dos óculos e um sorriso um pouco diabólico na cara magra e enrugada, enfeitada por um bigodinho e uns dentes de ouro. Ele manca levemente, mas isso não impede que pule com grande destreza de lá para cá, através da loja, escada acima e abaixo, parecendo um camundongo divertido. A mulher, ao contrário, é massa. Muito gorda, cria ela raízes onde se senta. Uma vez sentada, distancia um joelho do outro, de modo que a saia chega a formar uma espécie de toldo em extrema tensão por cima do espaço entre os joelhos; depois, ela entrelaça as mãos sobre a barriga e assim, nessa posição confortável, costuma ela fruir de noite, à porta da loja, a digestão mansa e o arzinho carregado de pó.

Já disse que não sei por quê o casal Pilnitski não desperta os mesmos sentimentos amigáveis em todos. Sabemos que, em geral, beleza e graça são as principais qualidades, as forças misteriosas que inspiram simpatia. Mas nem de beleza e graça espirituais poder-se-á falar, propriamente, no caso dos dois casais. Talvez seja devido à senhora Pilnitski, dona Sara, que nesse matrimônio predomina aquilo que sempre ofende o espírito de clã dos homens. O próprio marido reconhece que é apenas um acidente. Apesar da sua estatura alta e robusta, ele recebe os viajantes novos, ainda desconhecidos, com um sorriso tímido, explicando a eles que, para fins de vendas, teriam que se dirigir à sua esposa. É, aliás, um homem de aspecto não desagradável. Tem as faces rosadas, olhos de um azul um pouco apagado, um nariz sólido e uma boca pesada, de lábios polpudos. Os cabelos duma cor entre o gris e o loiro, parecem ser, da mesma maneira que os olhos, um pouco desbotados, e têm, por assim dizer, um ar cansado. Ele costuma andar pesadamente, com os ombros

anatol 'on the road'

um pouco curvados, deixando cair a cabeça juntamente com
o pescoço curto para frente. Sobre as bochechas que, quando
ele anda, tremem um pouco, estende-se uma rede fina de
veias roxas. Às vezes, ele me lembra uma esponja úmida
que a gente deseja espremer com força entre os dedos. Tão
tímido e calado ele é ao primeiro contato com uma pessoa,
tão prolixo se torna logo que cria confiança, que então se
derrama em histórias intermináveis da sua terra, da cam-
panha entre a Polônia e a Rússia depois da Primeira Guerra
Mundial e das façanhas das tropas vermelhas na pequena
cidade lá nos confins dos Cárpatos, onde passou vários anos.
Eventualmente, quando bem disposto, cercado por amigos
íntimos, chega até a cantar, pois tem um belo tom de barítono. Canta, com predileção, a ária de Fígaro, do *Barbeiro
de Sevilha*, e depois explica, solenemente, que nasceu, no
fundo, para a arte, e não para a vida prática.

Mas é à esposa que o viajante tem que se dirigir. Ei-la
sentada por cima duma cadeira alta, atrás do balcão. Que digo?
Cadeira?! Não. Erguida por cima de um trono, uma rainha no
domínio da seda e da tricoline, das roupas feitas e dos arma-
rinhos. Ela é uma mulher compacta, com o porte reto de gente
baixa. A cabeça forte e, de certa maneira, impressionante é
jogada para trás, o queixo, marcante e altivamente levantado,
é modelado por duas rugas fundas que descem dos cantos da
boca apertada e delgada. Acima do lábio superior, há uma
penugem morena, cortada por linhas verticais que crispam

a boca. Um nariz aquilino e olhos cinzentos e penetrantes dominam o rosto e o povo em redor. Ela usa sempre sapatos com saltos bem altos, apesar de sofrer miseravelmente com isto. Está perfeitamente claro que Marcus é seu escravo. Todos desprezam-no por isso. Não o levam a sério, o coitado. Ele nem mexe nos negócios. Paira nas esferas elevadas da arte. Anda para lá e para cá, com as bochechas tremendo levemente a cada passo, sentindo intimamente a sua nulidade. Talvez seja esta situação anormal que faz com que os seus esforços para agradar aos forasteiros sejam frustrados. É verdade, nunca dona Sara me comprou um pedidinho sequer, mas sempre me convida, apesar do meu comportamento esquivo, para chás, almoços, jantares.

Além dessas duas famílias, residem naquela cidade mais sete casais judaicos, dos quais quatro pertencem à tribo Mandelbaum e três à corte do inimigo Pilnitski, ligados a este último por medo, terror e empréstimos, subentendendo-se que, quando digo "inimigo", faço isto devido aos nossos costumes patriarcais, devendo dizer, realmente, "inimiga". Tudo em tudo, há apenas nove homens em idade adulta, pois os filhos de Mandelbaum estudam em São Paulo e os dos outros casais são ainda crianças, de modo que não daria para um *mínien*, mesmo se todos fossem unidos.

— *Mínien*? O que vem a ser isso?

— Ah, é verdade! Você não pode saber. Pois um *mínien* é, por assim dizer, a menor freguesia de relevância religiosa,

anatol 'on the road'

e é formado por dez judeus do sexo masculino que sofreram, de acordo com a prescrição bíblica, a circuncisão e que, na idade de treze anos, por atos solenes, ingressaram no seio da comunidade israelita, pertencendo doravante, no sentido pleno, ao povo eleito. Uma pessoa é apenas uma espécie de átomo, sem relevância química. Apenas quando vários átomos formam uma molécula, somente então é que alcançam, digamos, um estado interessante. Assim acontece também com os indivíduos israelitas. Jeová é muito ocupado para atender à oração de cada partícula individual do seu povo. Somente quando formam uma organização de, no mínimo, dez pessoas, ele se digna a emprestar ouvido a eles, como se fosse a quantidade mais baixa que simbolizasse o povo. As mulheres não contam. Religiosamente, um menino de treze anos vale mais do que sua mãe, portanto, desde que tenha sofrido a circuncisão e que tenha passado pelo *Bar-mitzvá*, ato através do qual ingressa no clã dos machos. Por isso, cada varão judeu de índole religiosa reza toda manhã, ao se levantar, uma oração especial agradecendo a Jeová por não ter nascido mulher. Dar à luz um menino torna a mãe imunda durante uma semana, mas quando é uma filha, são duas semanas de imundície, na dura sorte...

— E naquela cidade havia só nove machos?

— Só nove. E mesmo esses, desunidos, adversários uns dos outros. Assim, nos dias santos de importância, quando se torna necessário formar um *mínien*, há uma concorrência

CONTOS

medonha, cheia de veneno, das duas tribos para chamar das cidades vizinhas tropas auxiliares que completem os respectivos *míniens* inimigos. No fim, quase sempre dá certo. Os Mandelbaum, em geral, não experimentam grandes dificuldades, e os Pilnitski encontram, quase sempre, vários comerciantes das cidades vizinhas que estão com alguns títulos atrasados. O último Iom Kipur – festa da reconciliação, de penitência, de expiação dos pecados – se realizou, porém, de maneira trágica... parcialmente. Por qualquer motivo, talvez devido a negociações clandestinas do senhor Mandelbaum, aconteceu que o *mínien,* encabeçado por Pilnitski, cacique de valor prático muito pequeno, mas de inestimável valor religioso pelo fato de ser um macho inteiro, inteiro justamente pelo fato de, desde tenra idade, não ser perfeitamente inteiro, aconteceu que esse *mínien* só conseguiu reunir oito homens adultos, incluindo mesmo o célebre *Hazen* – o oficiante –, chamado especialmente de São Paulo, ao preço de Cr.$ 1.500,00 mais despesas, para presidir às rezas. Na casa Mandelbaum, no entanto, pululavam, uns quinze membros do sexo forte, a serem reforçados ainda pelos filhos que iam chegar de São Paulo.

Eu estive entre os últimos, já por ter mais simpatia pelos Mandelbaum, já por apreciar a cozinha perfeita da dona da casa. Quando porém soube, por intermédio de um mensageiro disfarçado, da situação desesperada do *mínien* Pilnitski, vi-me num aperto moral inquietante. Aquilo, reconheci, era

207

anatol 'on the road'

uma catástrofe, uma tragédia, digna da pena de um Sófocles ou do pincel dele, não sei o que usou... Você, naturalmente, não poderá compreender o terror profundo, o pânico hediondo dum judeu convencionalmente religioso em face da ideia de passar o dia santo mais alto, o dia de reconciliação, o dia de expiação dos pecados, sem *mínien*. É como atrair toda a ira de Jeová. Uma emoção semelhante deve experimentar um calvinista ortodoxo, convencendo-se de que não pertence aos predestinados e que está condenado ao fogo eterno. Refleti sobre o assunto melindroso. Se eu fosse à casa Pilnitski e conseguisse levar mais um homem, perderia o jantar de Dona Mandelbaum, e talvez a sua amizade, mas salvaria o *mínien* de Pilnitski sem prejudicar o do outro. Moralmente, eu era obrigado a agir contra o meu estômago e as minhas inclinações. Era uma resolução amarga e azeda (com um grãozinho de açúcar por dentro, por causa do triunfo moral), mas, enfim, fui ter com a Dona Mandelbaum, que já estava pálida pensando no jejum do dia seguinte, e disse:

"Dona Sara, a senhora me desculpará, mas não fica bem eu jantar e rezar aqui quando os Pilnitski estão com o *mínien* incompleto. Acho que preciso passar esta tarde e o dia de amanhã em casa deles".

– Dona Sara murmurou alguma coisa em ídiche que não quero repetir. No fim, ela disse: – "Do que adianta você ir lá quando, você incluído, haverá só nove homens?" Ela

estava perfeitamente a par da situação estatística. – "Eu
levo mais um", disse eu. "Aqui tem demais". Dona Sara
levantou-se em toda a sua largura. – "Não posso proibir
que o senhor vá. Mas que você leve mais um consigo, que
você me tire um do meu *mínien*, isso é demais. É o cúmulo.
Há, há, há! Vamos ver! *Ihr vet nicht conseguiren*" (O senhor
não conseguirá).

Nisso chegou, com um pulo satânico, o dono da casa.
Ele já estava informado da minha intenção. Devia haver um
microfone escondido numa prateleira da loja.

"*Ihr saits epes* a Quinta-coluna?" (O senhor é uma espécie de...), perguntou ele.

"Senhor Mandelbaum", disse eu, "o senhor tem que
compreender. É uma questão moral e religiosa. Num caso
desses, não é? A gente até age contra os amigos. Isto é a festa
da penitência, da volta ao bem, da reconciliação. Não fica
bonito a gente brigar"

"Pois então vá lá e chame eles para cá, *jenne holeres!*
(aqueles!) Se quiserem, podem rezar aqui. A minha casa
está aberta até aos inimigos!"

"Mas senhor David! O senhor sabe muito bem que eles
não vão chegar aqui. Antes iam se enforcar ou jogar uma
bomba sobre a própria casa".

"Deus ouça as suas palavras!"

"Mas hoje é *Erev Ionte*! (véspera de feriado, ou dia
sagrado). Hoje é véspera de Iom Kipur! Que horror!"

anatol 'on the road'

"*Vus solt Ihr epes?* ("O que quer que eu faça?") Quer que eu vá lá rezar?".

"Tampouco. Isso também é demais. Quero ir lá – contra a minha vontade, creia –, e levar mais um. Aí então o senhor terá o seu *mínien* e eles o deles"

"Vá!", gritou ele, mancando com passinhos pulados até a porta e abrindo-a. "Vá! Pode ir! Isso é a gratidão!"

"Não vai anular o pedido!", disse eu, indo até a porta.

"É pena", disse dona Sara diplomaticamente. "Temos hoje, para a ceia antes do jejum, pato recheado com maçãs e, amanhã de noite, depois do jejum, vamos ter peru com nozes".

– Fechei os olhos e senti uma leve vertigem quando ouvi isso. Meu destino era amargo. Além de passar a festa em casa de gente de quem não gostava, ia perder um peru com nozes. E poderia até perder um ótimo pedido, tudo por causa da consciência e da moral. Não que eu seja especialmente religioso. Mas senti um quê de pena daquela gente que arrumou um *mínien* somente por meio de empréstimos.

Percorri em seguida a cidade, procurando os componentes da tribo Mandelbaum nas suas lojas e residências, nas ruas e nos bares, na esperança de convencer um deles a ir comigo à casa de Pilnitski para completar o *mínien* manco. Eram três horas da tarde. Dentro de mais ou menos uma hora deveria dar-se o jantar, que prepara o estômago para o jejum de vinte e quatro horas, pois ao pôr-do-sol precisávamos

CONTOS

iniciar as rezas. Passei pela casa dos Pilnitski, anunciando que faria o possível para arranjar o número completo. Marcus andava nervosamente para lá e para cá, com as bochechas tremulantes. Os seus olhos pálidos iam e vinham nas órbitas como o pêndulo dum relógio de parede. A dona me apertou silenciosamente a mão, com um gesto de quem firma um pacto de morte. O bico do seu nariz tremeu, o lábio superior com a penugem escura começou a vibrar de modo estranho, levantando-se um pouco e deixando entrever os dentes. Agora, pensei, ou ela vai relinchar como um cavalo ou espirrar, ou imitar um coelho... Nada disso aconteceu, porém. Apenas me apertou a mão. Continuei a procura. Aos poucos encontrei os meus patrícios – no entanto, sem resultado nenhum com todos. Não havia ninguém com espírito rebelde ou caridoso, ninguém cedeu nem aos meus pedidos, nem às minhas pragas. Estavam todos de pleno acordo de que um pato na barriga vale mais do que um sorriso de Jeová no espaço. Encontrei também dois viajantes, judeus alemães, tomando um aperitivo num bar. Um deles, sujeito magro e com um tique de *semigrante* nas pálpebras, que ele cerrava com violência a cada instante, arreganhando simultaneamente os dentes, me disse que não tinha tempo para bugigangas e que precisava pegar a jardineira das cinco. O outro era gordinho e risonho (chamava-se Cohn) e me explicou que dava preferência à cozinha de dona Mandelbaum por causa do alho.

anatol 'on the road'

— Como é que você disse? Por causa do alho?

— É isso mesmo. Na casa do Pilnitski não se come alho por causa da alergia do Marcus, você sabe. Ele tem uma idiossincrasia. O alho dá eczema nele. Agora, você deve saber que eu gosto muito de alho. Na Alemanha eu nunca podia comer alho por causa do cheiro, os arianos não gostam disso e farejam os judeus comedores de alho que nem um cachorro um poste tradicional. Imagine como tive que me recalcar, me deu até um complexo de alho. Eu sonhava com isso. Agora preciso descarregar: dente por dente, alho por alho!

Mas a minha última esperança era Samuel. Samuel é um homem independente, era viajante de artigos farmacêuticos, um ramo que não o ligava ao comércio judaico e, consequentemente, conservava a sua liberdade de ação. Além disso, era novo na zona e não conhecia as complicações entre as tribos adversárias, nem tinha fixado ainda as suas simpatias e antipatias.

Finalmente encontrei-o, jogando *snooker* no Bar Central. É um judeu russo. Já o conhecia há bastante tempo e não podia deixar de sentir uma certa admiração por ele, se bem que levava uma vida irregular, estranha e dissipada. Dedicava-se pouco à venda dos produtos farmacêuticos que representava e eu nunca compreendia por quê a firma o conservava entre os seus viajantes. Creio que o maior golpe na sua vida foi a morte de sua mãe, que ele amara com ternura e paixão. Ela morrera no parto de um bebê, muito atrasado.

contos

Samuel é o homem mais belo que conheci na minha vida. Tem uns vinte e quatro anos e mede um metro e noventa. Tem cabelos castanhos, olhos de um azul profundo, com sol por dentro, densas sobrancelhas e pestanas de uma estrela de cinema. A boca, meio irônica, tem a curva nítida das asas estendidas de um pássaro – desculpe se estou ficando lírico. Parece um grego clássico, saído de um simpósio de Platão. Há uma serena luminosidade em torno dele, como se fosse feito de luz. Vi-o, uma vez, embaixo do chuveiro, depois de um jogo de futebol. Não conheço físico mais perfeito que o dele. Você o viu só de costas, mas mesmo assim ficou impressionado. Ombros e peito poderosos, mas ancas estreitas de um dançarino. Pernas longas, feitas para andar firme e livremente, como as de um adolescente esculturado por Rodin. A musculatura sob a pele lisa e brilhante, chamuscada pelo sol, parecia entreter-se debaixo da água do chuveiro, num jogo sutil e silencioso, bailando sob uma música inconsciente, feita do ritmo e da melodia de riachos e rios, de florestas e planícies, de nuvens e do mar. Nos seus movimentos há uma coordenação natural e inocente que, dificilmente, se encontra entre os judeus – depois de séculos de gueto, perseguição e Talmude. Mas Samuel é uma exceção, é um judeu dos tempos de antes da destruição de Jerusalém, de muito antes ainda. Em verdade, ele é um pagão, como Deus. Nem sabe o que é rezar. Deus está dentro dele: ele não precisa chamá-lo, como os outros.

anatol 'on the road'

Ele pertence à classe de homens que não podem estar em lugares fechados por tetos e paredes, sem que estes se tornassem primeiramente opressos e pequenos e, depois, devido a um fenômeno de transformação mágica, como que se desfizessem, os tetos ruindo e as paredes se desmanchando. Creio que o único defeito no seu rosto é seu queixo fraco, infantil e pouco desenvolvido. Porém essa imperfeição, no conjunto formoso, longe de afetá-lo ao contrário destaca e realça a sua beleza de uma maneira perversa e o torna terrivelmente atraente. A força de sedução que se irradia dele é de um efeito demoníaco sobre as moças. Na sua presença, elas se dissolvem, simplesmente, como neve ao sol. Se eu fosse mais jovem e tivesse uma namorada, nunca o apresentaria a ela. Não que fosse um Don Juan. Nada disso. Pelo contrário: não se interessa por moças. Ele as despreza, com um desdém feroz. Uma vez ele me disse que não podia cheirá-las. A única mulher que pudera cheirar fora a sua mãe. Uma causa desse comportamento talvez seja uma espécie de timidez provocada pelo pudor. Pois, assim como uma pessoa pode sentir-se tímida em consequência de fealdade física, isso também pode acontecer devido à beleza extraordinária. Ele é tão incomum, tão fora do real, um bicho tão notável que ficou um pouco acanhado. Porém mesmo isso se tornou, nele, uma graça.

Talvez essa timidez extremamente atraente, ou quem sabe o medo de ver o efeito de sua própria beleza, seja a causa da sua "distância". Samuel é o que se pode chamar de um "homem distante". Ele nunca está com alguém ou entre alguns. Parece ficar de lado, separado por alguma camada invisível de gelo. Parece que vive e respira na sua própria atmosfera, muito solitário, muito distante. Não é orgulho, não; nem frieza, apesar de parecer. É um abismo congênito.

Encontrei-o, pois, no *snooker* (parecia que segurava não um taco, mas um dardo, a caçar um animal mitológico), e chamei-o de lado.

"Você sabe que hoje é *Erev Iontev*."

"Sim, sei. Alguém me disse para eu ir à casa de um tal Mandelbaum. Todos vão lá."

"É verdade. Quase todos vão lá."

"Você também? Naturalmente."

"Eu não."

"Ah, você vai viajar, então?"

"Não fale bobagem. Não sou religioso, mas não ia viajar num dia desses... Além disso... Tenho que trabalhar ainda depois de amanhã nesta praça..."

"Bem... Desculpe. Então não vai comigo?"

"O caso é que vou à casa de um tal Pilnitski. Lá também há um *mínien*."

"Oh, pois não. É pena" — ele balançou o taco de modo gracioso entre dois dedos e observou o jogo dos parceiros. Era sumamente ridículo vê-lo no ambiente do botequim, naquela atmosfera fumacenta, suja, cheia de algazarra de

anatol 'on the road'

cheiros nojentos, com mocinhos em mangas de camisa e aventaizinhos protegendo as calças ao redor de mesas cobertas de panos verdes, hipnotizados por umas bolas coloridas, a fazerem esforços inéditos para conseguirem atirá-las dentro das caçapas. Ele devia estar é numa floresta, esticando com braço poderoso a corda de um arco potente, para acertar a flecha num fugaz veado.

"Creio que é a minha vez" – disse ele.

– Fui tomar café, esperando encostado ao bar, nervosamente, pelo instante em que ele falhasse para poder abordá-lo de novo. Ele jogava com habilidade e ia levar tempo. Os minutos se passavam e a hora solene do *Kol Nidre* se aproximava. Imaginei a aflição que provavelmente reinava na casa dos Pilnitski, a mulher apavorada soltando pragas contra o marido mole ("Você só sabe cantar o *Barbeiro de Sevilha*! Barbeiro!") e contra os Mandelbaum; os hóspedes, membros do *mínien* manco, e as suas mulheres, inquietos e ansiosos, receando a chegada da hora divina sem que tivessem reunido os dez homens prescritos.

Mordi os lábios e tomei o cafezinho de um só gole, jogando uma moeda sobre o mármore manchado do bar. Um menino apanhou a moeda e, em vez de me passar o troco, começou a brincar de equilibrista, tentando deixar a moeda parada na margem circular.

Nesse momento, Samuel errou o alvo e gritei para o menino:

CONTOS

"Pare com isso! Passe o troco!" — não esperei, porém, e fui falar com Samuel.

"Escute mais uma coisa" — disse.

"O que há?"

"O caso é que os Pilnitski estão com o *mínien* incompleto. Falta uma pessoa. Pensei que você pudesse ir comigo."

"Mas aceitei o convite dos Mandelbaum."

"Não faz mal. É um caso de emergência. Você nem conhece o Mandelbaum."

"Dizem que a comida é ótima na casa dele."

"Ora, deixe de besteira. O caso não é para brincar."

"Escute, Salomão" — disse Samuel, sorrindo de modo distraído. — Faz meses que estou em viagem e não comi uma coisa decente durante todo o tempo. Sabe o que mais? Eu vou lá comer, depois venho à casa dos seus amigos para completar o *mínien*, está bem?

"Não são meus amigos... Você vem mesmo?"

"Claro. Prometo."

"Mas não ficará feio sair depois do jantar?"

"Acharei uma desculpa. Fique descansado."

"Bem. Conto com você. Não me deixe na mão, ouviu?"

"Não se preocupe. Estamos no fim do jogo. Vou jantar já, já. Há pato com maçã."

"Materialista!" — disse eu. — Grande coisa, pato com maçã! Num dia destes, pensar no estômago!

anatol 'on the road'

"Não estou pensando no estômago. O estômago é que está pensando em mim."

"Você achará a casa? Fica em frente da Farmácia Santa Terezinha."

"Sei, sei, vi a casa."

"Até já!" — gritei, fui ao bar apanhar o troco e saí apressadamente.

Salomão calou-se durante uns minutos, olhando a planície monótona, na qual se destacavam, de vez em quando, umas graciosas palmeiras, vaidosamente tingidas pelo batom da poeira vermelha. A vegetação tornara-se mais rica. Às vezes passávamos por túneis de florestas escuras e bárbaras que pareciam querer agarrar o trem. Deixáramos, durante a narração, Murtinho e Cachoeirão para trás e nos aproximávamos de Laguna. Fez-se, enquanto o sol subia, um calor sufocante e passávamos os lenços incessantemente na nuca, no rosto e na testa.

— E como é que foi depois? — perguntei. — Saiu tudo bem?

— O caso complicou-se — continuou o meu companheiro. — Corri apressadamente pelas ruas roxas da cidade, satisfeito pelo sucesso diplomático. Fui ao hotel e, sentindo-me sujo e cansado e com disposição não suficientemente solene, tomei rapidamente um banho, pus camisa e terno limpos e bem passados e fui à residência dos Pilnitski, que fica anexa à loja. Esta, naturalmente, já estava fechada, pois

CONTOS

quando entrei já eram quatro horas, mais ou menos. O salão estava cheio de convidados, todos da tribo Pilnitski. Pode-se dizer que os donos da casa são bem abastados, ricos até, mas apesar disso eles conservam os costumes da pequena burguesia, e a sua residência é uma expressão disso. Os móveis de tipo padrão estão semeados de figuras de gesso, feitas em série, e as paredes ostentam quadros consagrados, em cópias mal feitas, ou fotografias de família. Nada há de legítimo, tudo é imitação. Numa das paredes do salão está pendurada uma fotografia em cores horripilantes, de um menino dos seus quatorze anos. Um lindo rapaz, de olhos extremamente azuis, de cabelos fortemente castanhos, de faces decididamente rosadas e de lábios violentamente vermelhos. É o filho que morreu cedo.

Fui recebido com um murmúrio geral, como se fosse um animal-fenômeno, um dinossauro ou coisa semelhante, um dos últimos exemplares duma espécie zoológica rara, já em vias de desaparecer.

Cumprimentei a todos com uma inclinação sumária da minha cabeça e lancei uns olhares estatísticos por sobre os presentes, tanto na sala como nos aposentos anexos. Havia umas quatorze mulheres, moças, meninas e crianças, uma multidão pouco diferenciada que nada valia sob o ponto de vista religioso e cujo papel era inteiramente o de comparsas. Calculei os homens com dois golpes de vista e concluí que havia, comigo, somente oito machos religiosamente válidos.

anatol 'on the road'

Marcus apresentou-me ao *hazen* (chantre), que viera a seu pedido de São Paulo para presidir às preces, um serviço pelo qual ele costuma cobrar Cr.$ 1.500,00, além das despesas. É um homem de meia idade, baixo, corpulento, com uma nuca semelhante a de um boi zebu. Óculos sem aros e uma barba ruiva, bem cuidada, disfarçavam num rosto de rabi a sua cara de açougueiro. De fato, dedicava-se também à matança ritual remunerada de animais comestíveis, além de ser um exímio cirurgião dos prepúcios de bebês do sexo masculino. Homem de muitas habilidades, vendia, ao mesmo tempo, artigos religiosos como *tefilin*, feitos de cromo alemão, *tales, sidurs*, gorros de veludo marca "Zion" e *matzes*, o biscoito de Páscoa. Era, igualmente, representante exclusivo dos célebres *mezuzes* "Macabi", patenteados e inoxidáveis, *made in United States of America*. Esses estojinhos de metal e vidro, contendo as leis de Moisés em hebraico, o *hazen* os importa em cores de camuflagem e em feitio tão chato que até mesmo a lente de Sherlock Holmes não poderia descobri-los na sua perfeita assimilação às portas, onde devem ser pregados. O comprador descarregava, assim, discretamente, a sua consciência judaica.

Além do dono da casa, vi no salão apenas três outros moradores da cidade, vassalos seus que viviam em plena dependência econômica.

Um deles era Iossele Openheim, um homem miudinho, envolto numa eterna aura de alho. O seu nariz começa grego, continua palestinense e termina prussiano. A sua senhora, uma morena bonita, de formas agradáveis de se ver, dera em oito anos de convívio matrimonial somente sete poemas à luz, publicados entre os "sociais" da folha local, poemas esses que falam em cores quentes de um amante sonhado, extremamente belo e heroico e de divina virilidade.

Júlio Brenner era o segundo, um homem-monte com cara de tomate. Ele tem a particularidade de ser aritmeticamente determinável: possui quatro queixos, três nucas que parecem pneumáticos, duas opiniões sobre cada assunto e uma mulher fortíssima, que pela largura vale por três. O seu estado constantemente interessante — e esta era a sétima vez — não se tinha comunicado à sua personalidade, que continuava perfeitamente desinteressante.

O terceiro era Mendel Schechtman, de tipo sefárdico, olhos negros, rosto oval de tez pálida, cabelos ondulados e pretos. Sujeito simpático. Tem a fala cheia de cordura e gestos ternos duma moça na idade do primeiro namoro. As pernas de sua mulher são célebres pela sua forma de coluna, não tanto pela grossura, mas pela linha reta e arquitetônica que, até onde me foi dado ver, não cede em nada ao traçado geométrico pleno de rigor, o qual não admite curvas biológicas.

Presente estava também Leibl Rosenblum, morador de uma cidade vizinha. Ele viera, apesar de ser rico, apenas por ser parente de Marcus. Sempre gostei dele, pois é um homem inteligente e culto. Com seu cabelo cor de

anatol 'on the road'

palha despenteado, ele se parece com um menino travesso. Devido a um defeito qualquer, não pode levantar as pálpebras por completo. Em consequência disso, costuma jogar a cabeça para trás e olhar o mundo assim — a boca meio aberta, as pálpebras quase fechadas e os olhinhos azuis, vigilantes e espertos, espreitando pela fisga das pestanas. A sua senhora assemelha-se a uma camponesa eslava do tipo louro, redondo. Embora ricamente vestida, traja-se com certo desleixo, mas no entanto irradia muita frescura bem lavada e lustrosa, o seu rosto de porcelana ostenta tanto colorido, sem batom e sem ruge, que mais parece uma maçã do que uma pessoa. Daquelas maçãs em que dá vontade de enterrar os dentes, mas que depois se revelam azedas e acres. Apesar do seu aspecto saudável, ela tem o espírito tão agudo e penetrante como se sofresse do fígado.

Havia entre os presentes um ancião que me era desconhecido. Era uma figura frágil, da qual parecia emanar uma espécie de dignidade suave e delicada. Tinha a barba branca e, sob a testa alta e pálida, brilhava um par de óculos de lentes grossas. Tremia graciosamente com a cabeça, como se me cumprimentasse constantemente. Marcus apresentou-me e depois, de repente, esvaziou-se como uma esponja molhada sob uma pressão misteriosa. Contou-me a história do velho, que era um romeno, vivendo sozinho numa cidade vizinha e que, no ano de 1940, fugira de sua terra, escapando dos alemães hitleristas de fora e dos antissemitas romenos de dentro. Com os seus setenta e quatro anos, percorrera a pé centenas de quilômetros até alcançar o Mediterrâneo. Finalmente, encontrara um navio cheio de fugitivos judeus, embarcara e fora três vezes torpedeado, em três navios diferentes. Estava com peso, coitado. Uma vez ele vagueara, com vários companheiros, nas ondas do Atlântico durante doze dias, numa embarcação miúda de salvamento. O progresso técnico havia chegado a tal perfeição que ele levara mais tempo do que Cabral para alcançar o Brasil. Mas aqui estava, sem falar uma única palavra da língua do país, muito velho, com as faces enrugadas, o nariz ossudo, a boca dolorosa, tremendo graciosamente com a cabeça que, em obediência à tradição, estava coberta com um gorro de veludo preto.

"O seu amigo vem?" – perguntou-me Marcus com um olhar inquieto.

"Naturalmente" – respondi. Ele nunca falta. Comprometeu-se para o jantar em casa do Mandelbaum. Logo depois ele vem.

"Muito bem..."

"Mas falta mais um, não falta?" – disse eu, olhando novamente em redor.

"Falta Bóris, você conhece. Ele chega com o trem das quatro e vinte" – Marcus tirou o relógio e gritou, dirigindo-se a um canto do salão: "Ruth!"

– Naquele canto estava sentada uma mocinha de uns quinze anos, bem desenvolvida, mas de aspecto pálido, com olheiras fundas, o rosto cheio de espinhas. Ela tinha

anatol 'on the road'

uma linda cabeleira ruiva que caía pesadamente nos ombros e cujas madeixas chamaloteavam na luz da tarde, em cambiantes de ouro, fogo e tabaco. Sentada numa posição incômoda à beira do banquinho, balançando uma perna sobre a outra, ela não pareceu ouvir a chamada do pai, aprofundada numa ausência concentrada do espírito e dos sentidos.

"Ruth!" – repetiu o pai com voz potente.

– A mocinha como que despertou, virou a cabeça e olhou na nossa direção, com uns olhos escuros e vesgos. Eu sorri amigavelmente, pois não sabia se ela, exatamente, olhava para mim ou para o pai.

"Você vai já, já, para a estação esperar o senhor Boris, entendeu?! Volte com ele imediatamente."

Ela deu um último balanço violento com a perna cruzada sobre a outra, suspirou profundamente e seguiu a ordem do pai.

"Puxa!" – disse eu. "Quase não reconheci a sua filha. Ela cresceu de repente. É uma moça!"

"Ah, é! Ela passou muito tempo em Campinas, na casa do meu cunhado. O médico diz que ela vai corrigir aos poucos os músculos oculares. Ela é muito inteligente, lê demais. Já ouviu como canta? A voz ela tem de mim. Também Henrique tinha a minha voz" – ele olhou para a fotografia na parede e continuou, depois de um longo intervalo. "Quando ele morreu, estava mudando de voz..." – coçou com a unha do dedinho direito, cuidadosamente, alguma coisa que o incomodava na face esquerda. "É – disse ele. É isso mesmo. Precisava educar a voz dela. Mas aqui não se pode fazer nada. Ela tem boas notas na escola. Ótimas notas. Não sei a quem ela se assemelha. Teremos que mudar para São Paulo, isto aqui não é futuro para uma moça".

– Alguém no cômodo anexo ligou o rádio e ouvimos os primeiros compassos de um tango gorduroso. Marcus coçou-se novamente e disse:

"Não aguento isso. Não suporto. Tango me dá eczema. Isso é pior do que o cheiro do Openheim" – ele foi à porta do dormitório, seguido por mim. "Helena, faz favor, desligue. Fico louco. Por que você não liga em alguma coisa clássica?"

Helena é a filha mais velha do Brenner, uma mocinha de aproximadamente dezesseis anos, pedacinho de menina com os movimentos lânguidos de uma *grand dame* do *démi-monde*. Ela voltara, justamente, de uma estadia de seis semanas no Rio de Janeiro, em casa dum tio.

"Ouviu?" – insistiu Marcus. "Pare com isso, por fineza, senão enlouqueço!"

"Ai, meu "Deusch" – disse Helena, virando a cabeça e os olhos para cima e agarrando com a mão direita o seu ombro esquerdo. – Eu adoro "eschte" tango. Lá-lá-lá-tam... Meu último "suschpiru"... lá-lá-tam... Pertence ao Algemiru... Formidável..."

anatol 'on the road'

— Da cozinha saiu dona Pilnitski, limpando as mãos no avental e gritando para trás:

"Maria! Olhe as batatas!" — ela espiou em redor: "Onde está a Ruth?"

"Foi à estação buscar o Bóris" — respondi.

Ela me apertou vivamente a mão e perguntou se o meu amigo ia chegar. Depois, satisfeita, deu-me umas batidelas no ombro e se dirigiu com passos curtos e duros, batendo com os saltos altos contra o assoalho ao lado do tapete, aos visitantes, convidando-os para ficarem à vontade e para tomarem um "Slivovits" (vodca) feito em casa. Foi logo a um sofá no qual conversavam animadamente, em ídiche, a esperançosa e gordíssima dona Brenner, dona Schechtman, a de pernas tubulares, e uma terceira, desconhecida, de olhos duros numa cara de urubu.

"Comprei a bolsa por Cr$ 500,00" — disse dona Brenner —, "mas é de crocodilo legítimo e combina bem com o meu *tailleur* verde. Depois, fomos tomar chá com biscoitos lá em cima e fomos ver chapéus na Casa Vogue. Dona Rosenblum comprou um extravagante casaco de pele de potro da Argentina (Elas deram uma espiada furtiva para o outro lado do salão, onde dona Rosenblum, depois de ler o último poema de dona Openheim, pareceu dizer algumas coisas azedas à poetisa).

"Dizem que o marido dela comprou uma nova casa?" — perguntou a de cara de urubu (Mais uma olhadela para um terceiro canto, onde Leibl Rosenblum discutia com Júlio Brenner, o dono dos quatro queixos).

"Comprou sim!" – disse dona Schechtman, cruzando elegantemente as pernas tipo coluna. "Também, pudera! Ele é de Lutzk. Os *lutzker* só pensam em comprar casas, é uma doença local!"

"Ele só anda comprando casas!" – disse a urubu. "Que prazer terá ele com isso?"

"É a quinta" – disse dona Brenner, olhando cinicamente para dona Pilnitski, cujo marido, também de Lutzk, comprara justamente a quarta.

"Mas você gastou Cr.$ 500,00 por uma bolsa!" – disse dona Pilnitski.

"Meu Deus, preciso andar em farrapos só porque o meu marido não é milionário?" – Foi ao canto em que estava o marido, que procurava convencer Leibl Rosenblum de que a situação política e militar no Oriente Próximo só poderia ser resolvida por uma união dos comunistas russos, dos maçons ingleses e dos sionistas israelitas.

"Só assim salvaremos a Palestina!" – exclamou, batendo com uma mão gorducha sobre uma das suas coxas fenomenais. Ele sempre havia sido comunista e maçom, mas ultimamente se tornara, além disso, sionista e, agora, tinha três opiniões sobre cada caso. No entanto, ele era bastante gordo para suportar isso.

"Faltam só os jesuítas e os rotarianos para resolver o caso definitivamente" – respondeu Leibl Rosenblum.

anatol 'on the road'

— Júlio Brenner, enquanto discutia, lançava-me de vez
em quando um olhar sedutor, como se quisesse flertar comigo.
Mas era um flerte puramente interesseiro, pois há dois anos
que ele namorava os meus produtos com persistência e galan-
tearia, mas não dei corda; ao contrário, mostrava-me frio e
insensível como um peixe, visto ele pertencer à classe dos
amorosos que muito recebem e pouco dão.

Sentei-me numa poltrona justamente para ler as últi-
mas notícias no jornal mais recente, editado há dois dias
em São Paulo, quando Ruth entrou aos pulos, com a respiração ofegante.

"O trem está com quatro horas de atraso!" — exclamou
ela, olhando com os olhos esbugalhados em torno de si. O
seu rosto traiu um certo ar de triunfo e de importância, como
o de uma pessoa que traz a notícia de um desastre terrível.
Fez-se um silêncio funesto no salão. Dona Pilnitski tapou,
com os dedos abertos, a boca escancarada de desespero. Seu
marido cobriu, num gesto infantil, as suas bochechas com
as duas mãos. Depois de um segundo, todos começaram a
falar e a gritar ao mesmo tempo:

"*Vus tit men?*" (O que fazer?)

"O que vamos fazer?"

"*Me doe de nechume!*" (Me dói o coração)

"*Vus vet zain mit dem mínien?*" (O que vai ser do *mínien*?)

"Que coisa horrível!"

"Desmanchou o *Iontev!*"

"Farbrent zoll se vern, de Sorocabane…" (Que a Soroca-
bana pegue fogo!)

— Dois levantaram-se e disseram:

"Nós vamos à casa do Mandelbaum. Se não tem *mínien*
aqui, vamos lá onde tem… *Kimt!* (Venham!)"

Eram Brenner e Leibl Rosenblum. Outros também se
levantaram para seguir o exemplo dos dois, dos dormitórios
saíram mulheres com crianças, foi uma balbúrdia geral, um
arrastar de cadeiras, um pisar de sapatos, um gemer e sus-
pirar, foi um atropelo como se houvesse um incêndio, houve
como que um pânico.

"Vem, Schloime!"

"*Kim*, Minjele!"

"*Gaits, gaits* ("Vão, vão!"), Schmul, Rebeca, Juanita, Helena!"

"Raul, vem cá!"

"Itchele, benzinho! Molhou o chão, não mije aqui,
porquinho!…"

— Do tapete levantou-se uma poeira vermelha, visível
na faixa trêmula que o sol em ocaso lançava pela janela sobre
o velho romeno. Este estava sentado calado, tranquilamente,
sem compreender do que se tratava. Segurou o cálice com
a Slivovits na mão, balançando-se ritmicamente no movimento ritual e cantarolando uma ladaínha hebraica, como se
quisesse se preparar desde já para a prece. Ao seu lado des-
cansava o *hazen*, coçando uma orelha. Para ele, tanto fazia.
A culpa não era dele.

anatol 'on the road'

Porém os rebeldes, que na fuga iam pegando os seus pertences e, paulatinamente, se aproximavam da porta do salão, olhando furtivamente em redor, como ladrões a sondarem o caminho, eles não contavam com a dona da casa. Dona Sara surgiu de repente, enfrentando os tumultuosos; e, fechando a porta atrás de si, encostou-se a ela. Com voz alta e cortante, ela gritou:

"Ninguém sai daqui!" – vertical, compacta e imóvel, baixa apesar dos saltos altos, ergueu-se na saída, um obstáculo inesperado e poderoso. Com movimentos mecânicos que não afetavam a sua imobilidade escultural, tirou o avental como se quisesse enfrentar a turba no esplendor solene do seu traje sóbrio, de seda cinza-escuro e gola branca.

Júlio Brenner, que não era milionário mas que apesar disso comprava bolsas de crocodilo para a esposa, chegou-se perto de dona Sara, seguido por outros, e eles formaram uma ponta de lança, como se quisessem derrubar o empecilho.

"Digo que ninguém sai daqui!" – repetiu ela impiedosamente. Virou a chave na fechadura e tirou-a. Duas rugas fundas desceram dos cantos de sua boca delgada. A ponta de lança retrocedeu um pouco, mas avançou novamente.

"A senhora não pode impedir que a gente vá aonde bem entender!" – gritou uma voz feminina de trás.

"Vivemos num país livre!" – exclamou Brenner.

"*Nehech*!" (Coitado!) – disse dona Rosenblum. E acrescentou: Coitadinho!

CONTOS

"Faça alguma coisa, Iossele!" – disse dona Openheim ao seu marido com o nariz internacional. E ondulando com as ancas: "Mostre pelo menos agora que você é homem!"

"Ninguém sai para a casa dos Mandelbaum... Ninguém!" – Dona Sara ergueu o queixo, a boca com as linhas verticais atravessando o buço por cima do lábio superior crispou-se, os olhos cinzentos pareciam ficar mais escuros e brilhantes. "Só me matando!" – ela bateu o pé contra o assoalho e, com o punho cerrado, contra a porta atrás dela.

– Uma criança soltou um berro, alguém no fundo, invisível, deu um empurrão, a massa à frente gingou e acabou chocando-se com a parede no flanco direito de dona Sara. Uma outra ponta de lança avançou espontaneamente, fechando o semicírculo no outro flanco da heroína. Sozinha no centro, ela encarou, muda, os furiosos.

"*Gaits*, dona Sara, *macht nicht scene ridicule!*" (Vá, dona Sara, não faça uma cena ridícula!)

"*Auf gehackte tsures vert Ihr ligen*" (A senhora vai ficar em desgraça terrível) se não permitir que a gente vá à casa do Mandelbaum.

"*Ihr kennts nicht fechieren de porte...*" (A senhora não pode fechar a porta...)

"*Abrets! Abrets!*" (Abre! Abre!) Já, já!

Alguém, empurrado, jogou-se para trás e pisou no pé do urubu. Ela deu um grito lancinante:

"Meu calo!"

anatol 'on the road'

"Mamaié! Mamaié!"

"Tire o dedo do nariz!"

"*Habt's paciencie!* (Tenha paciência!) Isto é o cúmulo! *Erev Iontev!*"

"Marcus!" gritou, finalmente, dona Sara, e a sua voz estridente ultrapassou o barulho geral. Marcuuuus!

— Eu estava com Marcus perto do velho romeno e do *hazen* enquanto Mendel Schechtman, cheio de cordura, tentava pacificar os espíritos. Vi como Marcus, à chamada da mulher, estremeceu. Com a expressão de um homem que se prepara para a cadeira elétrica, respondeu com voz baixa:

"Aqui..."

"Vem cá!"

— Com a cabeça por entre os ombros curvados e as bochechas tremendo, ele atravessou o círculo dos rebeldes, inclinando-se cortesmente à direita e à esquerda, pedindo desculpas e dando explicações:

"A minha mulher me chamou... Com licença... Senhor Júlio, com permissão... É que Sara me chamou..."

— A mulher começou a cochichar com ele e, durante esse tempo que parecia uma espécie de trégua, explicamos, o *hazen* e eu, ao velhinho, a situação. Os dois juntaram-se e, inclinando as cabeças, começaram por sua vez a sussurrar, o ancião com um aspecto assustado e zangado, as sobrancelhas puxadas para a testa, e o *hazen* com a expressão de um estoico que alcançou a serenidade definitiva. Eles

contos

levantaram as mãos à altura dos rostos, descreveram suaves e violentas figuras com os dedos, indicando pessoas; ergueram os braços, sacudiram as cabeças, coçaram-se com dignidade, alisaram as barbas, tiraram e colocaram os óculos e bateram com o punho direito, delicadamente, na palma da mão esquerda.

Marcus voltou, dividindo timidamente a turba, e foi para a cozinha. Depois penetrou novamente através do círculo exasperado, que quedou em atitude ameaçadora, murmurando sinistramente e se organizando para novas façanhas. Ele cochichou de novo com a mulher, tornou a voltar, foi falar com o *hazen* e o ancião, e também com Mendel Schechtman, que cheio de candura sentou-se ao lado do *hazen*. Marcus inclinou-se até tocar, com a testa, as testas dos três, pois estes haviam-se curvado ao seu encontro, parecendo querer aspirar o ar que os seus lábios, em articulações sibilantes e agudas, expeliam. O cochichar dos quatro tornou-se um gritar sem voz. As veias na sua fronte destacavam-se como cordas tortuosas. Eles tremeram com os lábios, ergueram os braços em atitudes sinuosas, agitaram os ombros, apertaram com o indicador a ponta do nariz, deitaram as cabeças dubiamente para um lado e estenderam as mãos, de palmas para cima, diagonalmente, em frente ao corpo.

Finalmente, Marcus sacudiu com a cabeça um sinal positivo para a sua esposa e esta, olhando triunfalmente em redor, gritou:

anatol 'on the road'

"Meu marido fechou a porta traseira. Vamos jantar! Ninguém pode sair!"

"Hah!" exclamou dona Openheim, dando uma inflexão deliciosa aos seus quadris.

"Que coxas!" murmurou Júlio Brenner para Leibl Rosenblum, de tal maneira que até eu ouvi.

"Hah!" repetiu dona Openheim. "Levantai-vos, meus patrícios. Isto aqui não é um campo de concentração! Nunca! Faça alguma coisa, Iossele! Rebente a cara dela!"

"Não me instigue, benzinho!"

— E o *mínien*? — perguntaram várias vozes.

"O senhor Samuel, amigo do senhor Salomão, chegará logo depois do jantar", — disse dona Sara.

"Mamaié! Quero comer!" — choramingou um fedelho.

"Teremos, pois, nove homens" — continuou dona Sara.

"E o décimo?"

— Silêncio geral. Dona Sara levantou a cabeça ainda mais e olhou altivamente por cima dos amotinados. Seu nariz aquilino dominava.

"Eu serei o décimo!"

Foi um choque. O urubu deu uma gargalhada ordinária, Júlio Brenner fez uma careta sardônica. Vozerio geral.

"Impossível!"

"Isso é crime!"

"É contra a lei sagrada!"

"É um golpe na cara de Deus!"

"Não fale assim, senhor Júlio" – disse dona Rosenblum. Deus não tem cara.

"Mamaié! Uuui, uuui, uuaa..."

"Tadinho... "Matchucou-tche"... Tadinho! Foi a perninha da cadeirinha? Pá, pá, pá! Bate nela. Dá nela. Assim. Pá, pá, pá! Uuii! Uooaaii! A perninha da cadeirinha está chorando..."

"Nós vamos ter só desgraças neste ano."

"A situação já é mesmo catastrófica, e agora isto!"

"Só mesmo na minha loja maçônica..."

"Seria melhor se pensasse na sua loja de roupas feitas..." – disse dona Rosenblum.

"Como vou pagar os meus títulos, com seis filhos e um a caminho?"

"Pode ficar descansado" – disse dona Sara. "Não se preocupe com isso" – o rosto do senhor Júlio iluminou-se. "Está na hora" – continuou a dona da casa. "Já são quatro e meia. O senhor *hazen* e o senhor Simão, que é velho e conhece bem as leis, estão de acordo. Como é que eles dizem?" – perguntou ela, dirigindo-se ao marido.

– Em casos extraordinários, quando não há outro caminho, uma mulher pode completar o *mínien* sem prejudicar a sua dignidade.

"A dignidade de quem?"

"Do *mínien*."

anatol 'on the road'

Salomão silenciou e enxugou a testa e a nuca com o lenço avermelhado pela poeira. Estávamos perto de Aquidauana. Ao lado dos trilhos, cambarás ardendo em chamas amarelas, de uma beleza fervorosa, dançavam numa procissão exaltada, levadas pela distância incansável. A paisagem, perto do trem, corria para trás às pressas, porém no horizonte ela nos acompanhava vagarosamente, girando num vasto círculo ao nosso encontro. Ao longe, na nossa frente, erguiam-se rochas gigantescas, e quando chegamos perto delas, o seu tamanho, espantosamente aumentado, parecia querer sufocar e esmagar o trem. Eram massas de pedra enormes, cobertas de vegetação espessa, as quais, pela magnitude excessiva, sugeriam ter milhões de séculos e a vastidão do universo. Rodando sob a sua sombra, sentíamo-nos minúsculos e, ao mesmo tempo, orgulhosos e audaciosos. Era como se um pavor remoto nos invadisse, destruindo-nos para nos engrandecer através da aniquilação que nos tinha feito participar e comungar com a eternidade e o infinito. Se no começo ficamos ofegantes, aos poucos começamos a respirar libertos, através de tragos largos e jubilosos...

— Samuel chegou na hora exata — continuou Salomão —, justamente quando acabávamos de jantar. O dono da casa e eu o conduzimos ao salão com expressão festiva. Samuel estava entre nós, era muito mais alto, chegávamos apenas aos seus ombros. Entrou sorrindo distantemente com a sua boca pagã; o seu andar era despreocupado e solto, elástico nos joelhos e calcanhares, e o salão parecia ficar estreito como uma prisão abafada. Mas de repente as paredes retrocederam, as janelas cresceram milagrosamente e o jardinzinho e o céu flamejante entraram no salão, com um cheiro de folhas e de ar.

Todos se levantaram, mesmo o ancião e até o *hazen*, para cumprimentarem o salvador do *mínien*. O romeno, alquebrado pela idade e pelas perseguições, apertou a sua mão, olhando com os olhos semicerrados e míopes para cima. Ele tremeu graciosamente com a cabeça, sorriu com doçura e deu uma batidela suave no ombro do jovem. As mulheres sorriam também e cochichavam, fitando o recém--chegado dos pés à cabeça com tanta insistência que ele corou. Elas piscavam os olhos como se olhassem para um objeto muito brilhante, algumas até deram risadinhas nervosas. Mas dona Openheim pareceu fulminada. Esqueceu-se até de dar meneios com as ancas flexíveis. Porém os seus reflexos despertaram de maneira assustadora – nunca vi narinas e pálpebras fremirem de forma tão adúltera. Helena, perto de mim, disse a Ruth:

"Minha Nossa Senhora, "ischto" é... "ischto"... Que moço mais colosso..."

– Ruth, por sua vez, posou um dos olhos no rosto de Samuel, ao passo que o outro parecia fixar um quadro na

anatol 'on the road'

parede, uma cópia de obra de Rembrandt que representa Moisés erguendo furiosamente nos seus braços enormes o bloco de pedra com os Dez Mandamentos para quebrá-lo de encontro a uma rocha.

O *hazen* também se aproximou de Samuel e o cumprimentou cordialmente, com a mão esquerda no bolso das calças, como se quisesse dar-se mais segurança pela atitude negligente. Mas a dona da casa, quando saiu da cozinha e o divisou, correu ao seu encontro e, sem esperar apresentação, sacudiu violentamente a sua mão. Ela balbuciou algumas palavras incompreensíveis, olhou, muda, para cima até alcançar os seus olhos, empalideceu primeiramente e depois corou como uma menina. Até tremeu de emoção, tremeu toda: foi estranho de se ver aquela mulher fria e forte toda tremulante, dos lábios aos joelhos! Samuel inclinou-se delicadamente, com um gesto que se podia interpretar como solene ou como irônico, à vontade. Olhou para baixo, com a cabeça vergada diagonalmente ao ombro, os lábios arredondados avançando numa expressão como se olhasse, de muito alto, para um gatinho no chão. Mas isso apenas durante a fração de um segundo. Depois, dona Sara enfrentou-o rija, com dureza, como se quisesse castigá-lo. E ele sorriu com timidez, de longe. Já se afastara, envolto na sua atmosfera particular. Ruth observou-os imóvel, inclinada para a frente como se estendesse tentáculos, os olhos muito abertos fixando Samuel e Moisés na parede. De tanto olhar e devido a tamanha concentração, até abriu a boca.

Logo todos os homens foram introduzidos numa sala contígua, que representava o templo e na qual numerosas cadeiras se enfileiravam, ao passo que, na frente, se colocara uma mesa coberta por uma toalha de veludo cor de vinho, ornamentada de brocadilhos dourados. Em cima da mesa via-se um livro preto, o *Sidur*, flanqueado por dois formosos candelabros de prata (os únicos objetos legítimos na casa, não contando os talheres), que ostentavam cada um sete velas acesas. Mais adiante, na mesma mesa, tinha sido posto um armário ricamente trabalhado com uma portinha de duas folhas – o tabernáculo. O *hazen* o trouxera de São Paulo, mas ele vinha de mais longe, diretamente dos Estados Unidos, um produto de Ruebensaft & Smith, Inc., Nova Iorque-Toronto, e o seu santo conteúdo era o *Sefer Torá* (*Livro da Torá*), os rolos que, na sua frágil materialidade de papel, através de miúdos traços hebraicos, carregam o peso imenso e eterno da Lei e da Ideia.

Entramos nós, os homens, mas entrou também dona Sara, olhando com um ar de triunfo para trás, onde os membros do sexo fraco iam rezar separadamente, acompanhando os homens de longe. Assim, tais instrumentos do prazer não poderiam perturbar a concentração religiosa dos homens, nem desviar os seus pensamentos de Jeová para caminhos escuros e duvidosos. Todos, porém, concordaram,

anatol 'on the road'

sem dizê-lo, que dona Sara não representava lá um grande elemento de perturbação, visto ela parecer mais um instrumento de castigo do que de prazer. Os homens cobriram os ombros e as costas com os *tales,* mantos de reza tecidos de linho, seda ou de lã fina, cor de creme, com franjas ou *tsitses* compridas e marginados por várias listras escuras. Nas cabeças, puseram os gorros de veludo e, por falta disto, coloquei um chapéu de feltro, ao passo que Samuel serviu-se do seu chapéu panamá.

Sentamo-nos. O *hazen*, de costas para nós, em frente à mesa, balançando o corpo vagarosamente dos calcanhares às pontas dos pés, num movimento de navio que arfa, pronunciou uma prece silenciosa, particular, pedindo a Deus, ao Todo-Poderoso, ao Verdadeiro Rei, ao Todo Perfeito, ao Magnânimo, Eterno, Generoso, ao Sempre Vivo Senhor, Cheio de Graça e Todo Misericordioso, que tivesse indulgência com ele e ouvisse a sua oração. Para que aqueles que confiaram a Ele a sua função não fracassassem por sua causa, nem ele por causa deles.

"Ah! Que sejam agradáveis as palavras da minha boca e os pensamentos do meu coração, Eterno, Meu Protetor e Meu Redentor. Amém! *Selá!*"

— Depois, ele pediu uma boa voz e uma garganta que não ficasse rouca, assegurando humildemente que não tinha merecimento, muito comovido e cheio de medo. E levantando os braços, retrocedeu um passo da mesa e avançou novamente, agarrando-se a ela, e disse silenciosamente, movendo apenas os lábios:

"Aceitai a minha oração como a oração de um ancião, de um experiente, de sublime porte, de barba máscula, de voz agradável e cujas relações com os homens são boas!"

— Em seguida, abriram-se as portas do tabernáculo, todos se levantaram e, inclinando-se, disseram:

"Bendito seja o Criador. Bendito seja Ele, que deu a Lei ao seu povo de Israel com santidade e pureza. Bendito seja Ele e Seu Nome..."

— Por entre as dobras da miúda cortina de veludo bordô, finamente bordada, tiraram-se solenemente os rolos, visíveis à luz das velas; foram tirados com suma delicadeza, como se tira uma coisa infinitamente mais preciosa do que a mais preciosa joia. E o oficiante disse:

"A luz foi criada para os justos e a alegria para os retos de coração. Com a permissão do sempre Bendito Senhor e com a aprovação desta congregação, declaramos que é permitido orar com os pecadores..."

"E o *hazen* cantou com um timbre de tenor surpreendentemente belo a grave melodia do *Kol Nidre*, e nós a repetimos, acompanhando-o, pedindo que todos os votos, juramentos, compromissos e interdições, feitos levianamente e sem meditação, fossem declarados nulos desde já, considerados como dissolvidos, sem efeito, sem valor. Que fossem perdoados tanto aos filhos de Israel, como também

anatol 'on the road'

aos forasteiros entre eles; pois que aconteceu por engano, erro e ignorância.

Rezamos com fervor, o *hazen* cantando com voz individual e nós outros seguindo-o em coro. Três vezes o *hazen* conjurou Deus melodiosamente, ornamentando o seu canto com melismas de tradição lituana e até com invenções particulares, como se quisesse tornar Jeová mais indulgente, enfeitiçando-O com a sua voz e a magia dos sons. Mas o timbre barítono de Marcus, sobressaindo suavemente do coro, cheio de doçura e de melancolia, repetiu a melodia com melismas diferentes, de tradição polonesa e até de invenção particular, como se quisesse forçar o *hazen* a enfrentar uma concorrência musical à moda dos mestres-cantores. E eles cantaram cada vez com mais exaltação, enfeitando as melodias, e nós acompanhávamos em coro cada vez com mais paixão a fórmula sagrada. Mas Samuel, na sombra do seu canto na última fila, onde a luz das velas mal chegava, quedou-se imóvel. Uma fraca claridade parecia irradiar-se do seu terno de linho branco e do chapéu panamá.

A noite encostou-se sombriamente à janela do nosso pequeno templo. Ela nos fechou como que numa concha imensa, de cuja misteriosa essência emanava um fraco ruído, feito de uma escada de muitos silêncios, até levar ao abismo do último, do decisivo silêncio; um ruído feito duma polifonia de silêncios que ecoavam magicamente nos intervalos da prece e a carregavam com ritmo e vida. No salão contíguo as mulheres ligaram a luz elétrica e, através da porta aberta, a claridade lançou-se numa faixa amarela por sobre o assoalho do nosso templo, formando um quadrângulo iluminado na parede oposta, quase escura. À margem desse quadrângulo apareceu, como numa tela, enorme e difusa, a sombra de Samuel. No outro canto desenhou-se, pequena e nítida, a sombra de dona Sara. Mas na parede traseira, traçados pela luz das velas, contorciam-se e entrecortavam-se, em linhas deformadas e sinuosas, grotescamente, as sombras do *Hazen* e dos demais membros do *mínien*.

O *hazen* exclamou com voz forte:

"*BAREKHU ETH ADONAY AMEBORAKH.*"

E a nossa assembleia respondeu:

"Bendito seja Deus, que é bendito agora e sempre." — E a forma multimilenária: — "*SHEMA ISRAEL ADONAY ELOHENU ADONAY EHOD*". Ouve, Israel, o Senhor Nosso Deus é Uno.

— O *hazen* virou a cabeça e percebi que ele espiou, de modo estranho, pelo canto dos olhos, para Samuel, que em pé estava no seu lugar, mudo, sem participar da reza, com uma expressão de ausência, a boca pagã entreaberta, os olhos claros, de um azul violento, como que fixos por cima das cabeças dos outros, numa distância vaga, vazia de tudo, de extensões intermináveis e de solidões inconsoláveis — distância de desertos sem fim e do Saara dos séculos. O ancião rezou, cheio de ardor, balançando-se ritmicamente, cantarolando a glória de Zebaoth, Iavé, Criador do dia e da

anatol 'on the road'

noite que enfileira as estrelas em grupos no firmamento, de
acordo com a Sua vontade; também ele, seguindo o olhar do
hazen, espiou furtivamente por sobre o ombro, fitando de
esguelha o jovem patrício. Nem dona Sara deixou de espiar. A
sua voz sobressaía com fervor e as suas ondulações religiosas
eram quase tão flexíveis como as seculares da senhora Openheim. Dona Sara destacava-se eminentemente pela força
da voz e pela intensidade dos movimentos rituais, como se
quisesse compensar a sua deficiência feminina por uma
representação tanto mais apaixonada. Mas assim mesmo
ela espiou, como todos os outros, como Brenner, o gordo,
que pestanejou de soslaio, suando muito, como Rosenblum,
que espiou de cima, com a cabeça jogada para trás e com as
pálpebras semicerradas, como Mendl, que olhou obliqua-
mente com um sorriso manso, como Marcus, que piscou
diagonalmente para trás, cantando, murmurando e coçando
de vez em quando uma mancha vermelha na face esquerda,
e como Openheim, que lançou olhares furtivos ao redor do
seu nariz.

"*BARUKH SHEM QUEVOD MALKHUTHO LEOLAM VAED!*" – exclamou
dona Sara, balançando-se com furor e olhando enviesado para
trás, como se esperasse uma resposta. E todos rezaram:

"Mas tomai cuidado para que o vosso coração não seja
seduzido, para que vós não vos desvieis, servindo a outros
ídolos e adorando-os!" (Ah! Nunca iriam fazer uma coisa
dessas). "A ira do Eterno acender-se-ia sobre vós. Ele

fecharia o céu, de modo que não caísse chuva." (Mas chovera demais! A colheita do algodão estava estragada. O caboclo não tinha dinheiro, coitado, como é que ele poderia comprar um terno feito a 250 mil réis?). "Da terra não brotaria nenhuma planta mais, e vós pereceríeis logo, longe da terra formosa, prometida pelo Eterno. Lembrai-vos bem destas minhas palavras. Não adoreis ídolos, nem bezerros de ouro, nem outros bezerros. Estas palavras, amarrai-as como sinal às vossas mãos e colocai-as como laços na testa entre os vossos olhos. E escrevei-as nos batentes das portas das vossas casas!"

— Na claridade da porta surgiu Ruth, e a sua sombra pequena delineou-se nítida entre a de sua mãe e a de Samuel. Ela voltou seu rosto em direção ao meu amigo, mas simultaneamente pareceu fitar a sua sombra que quase tocou a de Samuel. Todos rezavam exaltados, com uma paixão paciente e insistente, pedindo perdão pelos pecados que estavam longe de negar, pois eram pérfidos, iníquos, maldosos, corruptos, falsos, rebeldes, trastes inúteis, malandros e sem nenhum valor — concedido! Mas mesmo concedido isso, Deus devia convencer-se de que, pelo Seu próprio bem, era obrigado a perdoar. Ah! Argumentaram, olhando de soslaio para Samuel, em redor do qual tudo parecia girar, ah! Não eram eles o seu povo? Iria Ele então turvar o Seu próprio nome, deixando que o Seu povo chafurdasse na lama e no lodo?

"Atende-nos, nosso Pai, atende-nos!"

anatol 'on the road'

"Atende-nos, nosso Criador, atende-nos!"
"Atende-nos, nosso Libertador, atende-nos!"
"Atende-nos, nosso Mestre, atende-nos!"
"Atende-nos, habitante do Céu, atende-nos!"
"Atende-nos, Nosso Senhor, atende-nos!"
"Tu és de uma bondade infinita!" O Teu Nome repousa sobre nós, Senhor, age pelo Teu Nome. Age por Tua causa e salva-nos! Sirva-nos, atende, atende às nossas orações, hoje e todos os dias, atende, porque Tu és o objetivo dos nossos louvores, atende! Age, Senhor, pela santidade do Teu Nome e não por nós, Senhor! Não por nós, mas em honra do Teu Nome, atende! Atende porque os gentios – o que é que eles diriam? Onde está, diriam, o Seu Deus? Atende, pois, atende-nos!

– Os pecados esmagavam os membros do *mínien*. Eles emudeciam e rezavam, durante muito tempo, em silêncio, movendo apenas os lábios e os corpos, como se um vento, vindo de longe, os sacudisse. Bateram com os punhos os peitos e alguns choraram. Ouvia-se somente o folhear dos *Sidurs*, o bater dos punhos, os soluços de dona Sara, o gemer de uma criança no quarto ao lado e o psiu! de sua mãe, ouvia-se o ranger dos sapatos novos de Iossele Openheim e o tique-taque do relógio de parede. E ouvia-se o silêncio enorme da noite que se coava pelas frinchas da janela, um silêncio de várias camadas sobrepostas, que era como o rumor esvaecido e longínquo de um vale sonolento ao meio-dia que ressoa qual um violão imenso, quando o silêncio tange as suas cordas, ecoando novos silêncios em resposta.

Ruth estava na porta, pálida. Sua sombra tocou a sombra de Samuel, encostou-se a ela. Todas as sombras bailavam grotescamente, como almas perdidas na penumbra da sala, desfiguradas, enormes, lançando-se em ângulos tortos sobre o assoalho, as paredes, o teto. Seus donos batiam-se desesperadamente contra os peitos com os punhos cerrados, ao ritmo da prece silenciosa, confessando, contritos, os pecados para que fossem apagados. Conquanto ignorantes, obedeciam ao sentido da *Teshuva* (Penitência), fazendo o regresso místico à mais pura essência do próprio ser — à essência que é o silêncio ecoando, que é luz e sombra ainda unas, luz que ainda não deu a sombra à luz, que é o bem, que é Deus... Mas enquanto assim regrediam, através da poeira roxa, através do mato grosso, através dos túneis escuros da sua alma, ansiosos para enxergarem a luz sem sombra que é como a concha de uma noite protetora sem par, que é como o perdão — enquanto isso, espiavam para trás, furtivamente uns, abertamente outros, para aquele que não se batia e que não rezava, mas que apenas ouvia a confissão dolorosa e exasperada. Havia uma luminosidade em torno dele como se fosse feito de luz. Ele era como a chuva sobre a poeira, como o guia através do mato, como a luz no fim do túnel. Ele simbolizava, talvez, o mais íntimo ser, a mais profunda essência daqueles que se batiam e cujas sombras se

anatol 'on the road'

contorciam epileticamente nas paredes. Sua beleza pura e pagã parecia diminuir e humilhar os demais, facilitando a contrição e a penitência, porém ao mesmo tempo, simultaneamente, libertava-os e aumentava-os, como se o peso de sua presença distante extraísse tudo que era veneno, pecado e poeira, deixando-os limpos e transparentes. Aquela estranha figura no quarto iluminado por velas, que já começavam a fumegar, no meio de mesquinhos membros da pequena burguesia, evocava horizontes imensos e nuvens em viagem; a sua beleza fazia lembrar aquilo que dormia esquecido sob montes de roupas feitas. Era como se, através dele, através de sua beleza, se enxergasse alguma coisa que raramente se entrevê: a vastidão do universo e da eternidade. Todos em torno dele rezavam com vozes de júbilo e triunfo. Ah! Ele ia perdoar, Ele era magnânimo. Ele nunca falhava na Sua misericórdia. Ele os tinha levado por caminhos tortos através do túnel da sua história, terrível e gloriosa, através da poeira dos séculos, através dos sofrimentos, dos *pogroms* e das perseguições. Milhões tinham morrido, metralhados, despedaçados, chicoteados, torturados. Mas Ele ia salvá-los. Ele ia mandar o Messias que não seria outra coisa do que o símbolo do regresso do povo eleito, eleito para sofrer, no mais íntimo do seu ser. Ele era poderoso e eterno. *SCHEMA ISRAEL ADONAY ELOHENU ADONAY EHOD!* *BARUK SCHEM QUEVOD MALKHUTHO LEOLAM VAED!* O timbre tenor do *hazen* elevou-se, glorioso, em melismas sem fim, abrindo-se como folhagem duma árvore no tronco poderoso do timbre barítono de Marcus. Dona Sara, os braços entreabertos, parecia dançar em redor das vozes, e sua filha, de olhos fechados, na porta, livre da sua máscara de juventude e torturada, teve de repente o rosto de um anjo..."

Salomão calou-se durante uns minutos, olhando o Rio Aquidauana, que serpenteava a pouca distância, acompanhando o nosso trem. Em um trecho ele tinha sido desviado do seu leito original pelos garimpeiros à procura de diamantes. Passamos por uma ponte que cantou ritmicamente uma melodia de metal ao contato das rodas. Salomão continuou:

— Descemos, Samuel e eu, vagarosamente, a rua mal iluminada, através da qual um golpe de vento carregava um véu ondulante de pó roxo.

"Foi um lindo *mínien*! – disse eu, depois de um longo silêncio. Nunca vi nada tão fervoroso, tão sincero, tão violento".

"Parece que foi – disse Samuel secamente."

— Passamos em frente a uma loja de ferragens e de artigos domésticos e, por acaso, vi na vitrina a instalação de um chuveiro elétrico. Subitamente, o vento descarregou uma pancada de chuva sobre a cidade e ficamos olhando a vitrina, protegidos pela casa. A tempestade passou quase que imediatamente e deixou o ar fresco e puro, com um odor acre de ervas e folhas. A calçada lavada e lisa brilhava como um piano bem lustrado e a rua roxa bebeu a água gulosamente como uma esponja. Era

anatol 'on the road'

bastante chuva para domar a poeira, mas não o bastante para produzir lama. Por uma hora a cidade ficaria linda e limpa.

"Bonito chuveiro" – disse Samuel, indicando com o queixo a instalação na vitrina.

"Bonito" – repeti. Continuamos andando na calçada pontilhada por reflexos dourados de luz. Vi Samuel espelhado nela, os pés e pernas distintamente, mas o tronco dissolvido na escuridão. De repente, veio-me uma lembrança.

"Puxa!" – exclamei estupefato. "Mas você nem é... Nem foi... Me lembro agora... Te vi depois daquele jogo... Teu pai parece que... Todo o mínien estava contra as regras... Não tinha nenhum valor..."

"Será?"

– "Que uma mulher complete o número, ainda vá lá" – disse eu. – Era um caso de emergência. Mas ainda por cima um homem nas suas condições... de *goi*... (gentio) Isso é demais!"

"Demais?" – disse cinicamente Samuel. – Por que demais? Pense bem, e você vai verificar que tudo se compensa."

Ouvimos passos e nos viramos. Era dona Sara que nos seguia quase correndo.

"Esperem!" – gritou ela. E chegando ofegante: "Esque-ci-me de dizer-lhes!" – ela parou e olhou timidamente para o meu colega: "Senhor Samuel" continuou ela com voz hesi-tante "queria agradecer-lhe" ela estendeu a mão, comovida. O bico do seu nariz tremeu, o lábio superior com a penugem escura começou a vibrar de modo esquisito, levantando-se um pouco e deixando entrever os dentes. "Foi tão lindo!" Os seus olhos cinzentos pareciam pretos, e tive a impressão de fitar a boca de um túnel que levasse até ao coração escuro da solidão. De repente, num impulso irresistível, ela se apertou ao corpo de Samuel, escondendo o rosto na curva do cotovelo como uma menina envergonhada. "É que queria dizer-lhes que não precisavam chegar, amanhã, à nossa casa por causa do *mínien*" – ela se afastara do meu colega, ainda poderia tocá-lo, mas Samuel já estava muito distante. Dona Sara falou, debruçando-se, como se falasse a uma pessoa na outra margem de um rio.

"Resolvemos todos ir à casa do Mandelbaum, entendem? Senhor Salomão, o senhor entendeu?" – e dirigindo-se a Samuel: – Meu filho, telefonamos agora mesmo.

Ela falava confusamente, fitando o salto do seu sapato direito, com o qual riscava desenhos invisíveis na calçada. Parecia uma aluna que recitava um poema de saudação a um figurão político, em visita à cidade.

"Vamos fazer um grande *mínien*, meu filho, todos juntos na casa do Mandelbaum..."

"Com as mãos entrelaçadas nas costas, ela fez uns meneios engraçados, endireitou com um gesto escondido a saia e esfregou uma face com o ombro. De repente, deu-nos as costas e precipitou-se em direção à sua casa.

Continuamos o nosso caminho, calados."

anatol 'on the road'

"E você xingando que o *mínien* não tinha valor" – disse depois de uns minutos Samuel.

– Não disse nada. Às vezes acontecem milagres. Uma vez num século judeus se reconciliam na festa da reconciliação. Também não olhei para o meu colega. Evitei ver o seu rosto, por discrição. Nem devia ter visto com que ternura ele havia correspondido ao abraço de dona Sara...

O trem estava apitando. As primeiras casas de Aquidauana, com as janelas cheias de gente olhando a nossa chegada corriam ao nosso encontro. De um quartel, alguns soldados gritavam palavras não inteligíveis, acenando com as mãos e traçando sinais grotescos no ar.

– E o pedido do Mandelbaum? – perguntei. Foi cancelado?

– Que esperança! Não cancelou, não. E dona Sara, dois dias depois, me deu um pedido, o primeiro, aliás, comprou quinze contos de réis. Ah, valeu a pena! Quanto ao peru com nozes, foi uma delícia. Dona Mandelbaum tinha caprichado, e depois do jejum, então, imagine como foi gostoso. Não sei onde ela arranjou tanto peru. Pois desta vez não era um *mínien* manco. Havia gente sobrando. Ceou-se na sala de jantar, ceou-se no quintal e ceou-se até na garagem. O senhor Mandelbaum parecia ter adquirido o dom da ubiquidade. Mancava, com o seu sorriso satânico, velozmente ao redor das mesas fartas, pulando com passos miúdos e oferecendo Slivovits e vodca nacional. Mas, intimamente, estava com um pouco de raiva por não ter sido ele o primeiro a se mostrar conciliatório e magnânimo. Fez questão absoluta de passar o próximo dia santo com todos os seus vassalos na casa do Pilnitski. E aconteceu até um milagre. Marcus, para não ofender a dona da casa, comeu alho. Comeu mesmo. Ele comeu e o eczema, em vez de piorar, desapareceu um dia depois. Foi um autêntico milagre...

— Deus é grande — disse eu.

Levantamo-nos para dar uma volta pela estação e para desenferrujar as pernas.

— Enfim — disse eu depois de alguns minutos —, você ficou me devendo um esclarecimento. Que diabos faz esse lindo Samuel lá por aquelas bandas de Jaraguá? Será que vende produtos farmacêuticos naquele sertão bruto?

Continuamos o nosso passeio. Salomão, olhos fixos nos bicos dos seus sapatos, as mãos cruzadas nas costas, não parecia ter ouvido a minha pergunta. Não falamos. Olhamos as moças tropicais, cópias exatas das estrelas de Hollywood, pintadas e maquiadas especialmente para o *footing* mundano da estação.

— Eis o que às vezes me pergunto — disse Salomão subitamente. Mas você não devia ter perguntado. O que é que isso tem a ver com a história? O papel de Samuel era apenas o de um catalisador químico que reúne dois elementos, mas que não participa da combinação. Ele não

anatol 'on the road'

tinha nada com aquilo. Mas, enfim, já que você perguntou... Falando praticamente, Samuel compra e embarca certas matérias-primas para São Paulo como encarregado de uma firma exportadora. Faz tempo que ele largou a venda de produtos farmacêuticos. Agora, por que ele pegou este encargo, por que se exilou naquele sertão... Por que se afastou ainda mais, ele que já estava tão afastado?...

Ele se calou e lançou-me de soslaio um olhar curioso, como se quisesse perscrutar a minha capacidade mental antes de revelar uma coisa sutil, de suma delicadeza. Tomamos um cafezinho no bar da estação e fumamos. Finalmente, ele disse:

— Naturalmente que eu não sei ao certo. Mas tenho as minhas ideias. (Havia ironia nos cantos de sua boca flexível. Parecia caçoar de mim). Talvez ele percorra, nas madrugadas brumosas, as florestas virgens, com as pálpebras úmidas de orvalho, armado de arco e flecha a caçar um animal de um só chifre de ouro no meio do crânio? Talvez ao meio-dia, ou nas noites de luar, ele se mire no espelho de lagoas imóveis, como Narciso, a cabeça enfeitada de flores desconhecidas, enamorado da própria imagem?

Ele se interrompeu, fitando-me durante um segundo com os seus olhos vivos e brilhantes. Estendeu uma mão em diagonal, inclinou a cabeça para o ombro, os cantos de sua boca tortuosa desceram, as sobrancelhas subiram — todo o seu ser parecia querer expressar dúvida, meditação céptica, interrogação vã, supérflua, inútil.

CONTOS

— A beleza — continuou ele —, é um dom ambíguo, caro amigo. Eu falei que ela inspira amor e simpatia, contei que ela eleva aqueles que a contemplam, aqueles que ela atrai? Mas Balzac escreveu, falando da perfeição física das mulheres... Bem-aventuradas as imperfeitas, porque delas será o reino do amor...

Salomão parou no meio do movimento agitado da Estação de Aquidauana, e criando como um mágico com um gesto de sua mão uma abóbada de silêncio ao redor de nós, disse quase sussurrando:

— A beleza em carne e osso é terrivelmente ambígua. Talvez exista aquilo que nós poderíamos chamar de "pecado inocente", quem sabe? A beleza não deve chegar tão perto. A carne, às vezes, a macula com um queixo fraco, infantil, e nesse caso a sua sedução torna-se sinistra. Ela é como o sol. De longe, encanta e é luz. Mas de perto, destroi e aniquila.

Esperei que ele continuasse, mas não disse mais nada.

Depois de uns quarenta minutos, prosseguimos a nossa viagem, deixando Aquidauana para trás. Em redor, mato, mato imenso, cada vez mais espesso. A viagem era longa até o porto. Porto Esperança. Tínhamos que atravessar muito mato ainda, muita poeira. E depois, ao subir da noite — pois ela subia da terra, invadindo aos poucos o céu luminoso —, depois haveria ainda o pantanal, lama, terreno movediço.

Tínhamos que ir — como dissera Salomão? Tínhamos que ir até o coração escuro da solidão.

255

POSFÁCIO

um brasileiro como ele...

U m dos aspectos que chama a atenção em Anatol H. Rosenfeld e que se tornou mais palpável agora, após a publicação da maior parte de seus escritos em português[1], é o forte vínculo que estabeleceu com o Brasil. Não se trata somente de sua assimilação da língua e do estilo em que veio a escrevê-la. Este era um domínio que já lhe era reconhecido no período de suas intervenções mais acentuadas no debate intelectual paulista.

É claro que tal característica tem a ver com o que se pretende focalizar aqui, mas, de outro lado, poder-se-ia

---

1 A especificação deve-se ao fato de que Anatol escreveu bastante em alemão, não só após a sua vinda ao Brasil, em anotações e rascunhos subsistentes, como em artigos para a imprensa local ou do exterior nesta língua.

anatol 'on the road'

dizer que ela se prende principalmente a suas inerentes qualidades de escritor, manifestas tanto em seu idioma de nascimento quanto no de adoção. O interessante, porém, é que, sendo um espírito formado e lapidado pelo que havia de mais especificamente ocidental, europeu, alemão, quer no plano clássico quer no moderno, não tenha permanecido tão-somente em seu rico e suficiente caldo de origem. Outros imigrados da mesma qualificação intelectual e tangidos para cá pelas mesmas causas, tendo contribuído não menos do que Rosenfeld para o processo cultural brasileiro da atualidade, não desenvolveram (embora isto em nada diminua a importância de cada um deles individualmente e a todos) o mesmo tipo de relação que Anatol tinha com o universo humano e cultural de nosso país.

Refugiado no Brasil, Rosenfeld não foi alguém que aqui viveu exilado na língua e na cultura que o plasmaram. Não renunciou a elas, mas as colocou como que em diálogo com o seu novo meio de expressão. Tanto é assim que em quase todas as suas abordagens das coisas brasileiras aparecem sempre interlocuções com as vozes daquele universo, de Lessing a Gottfried Benn. Mas o seu percurso integrativo ultrapassa a fronteira da simples naturalização traduzida de heróis civilizadores.

Se se examinar a sua produção, afora os ensaios críticos sobre Mário de Andrade, Augusto dos Anjos, Graciliano Ramos, Jorge Amado, Lima Barreto, Osman Lins, Alfredo

POSFÁCIO

Mesquita, Dias Gomes, Plínio Marcos, o mito e o herói no
teatro de Augusto Boal e o acompanhamento do movimento
teatral paulista e brasileiro nos anos sessenta, encontrar-se-
-ão, entre outros textos, três estudos que definem por si sós
um vínculo de outra natureza. Refiro-me aos trabalhos reunidos em *Negro, Macumba e Futebol*[2]. Lendo-os, verifica-se
que, embora escritos para uma revista alemã e destinados a
satisfazer a curiosidade de um leitor estrangeiro, não revelam o menor traço de uma excursão pelo exótico. Se por si
os temas indicam um interesse por manifestações expres-
sivas do *ethos* brasileiro, o modo de abordá-los comunica,
por entre conceituações e descrições objetivas de caráter
socio-antropológico, uma empatia profunda pelos objetos
da análise.

Não é meu propósito intentar aqui uma leitura crítica dos
estudos em questão, nem de seus pressupostos metodológicos.
Fazê-lo está fora de meu alcance. Mas percorrendo os textos veio-
-me uma associação que talvez seja de alguma valia.

Creio não exagerar se disser que Anatol Rosenfeld foi,
dentre os intelectuais judeu-alemães aqui desembarcados,
um dos que tiveram um contato dos mais estreitos, não só
com as camadas urbanas das grandes cidades, mas com o
mundo interiorano e rural de boa parte do país. Isto lhe
ensejou uma vivência a que sempre evocava com muito calor

---

2   São Paulo, Perspectiva, 1993.

anatol 'on the road'

e que parece ter impregnado de algum modo a sua observação atilada.

Colono de fazenda e, depois, por bastante tempo, viajante comercial, pôde conhecer não só extensões como intimidades de nossa realidade. E este foi o seu aprendizado de Brasil. As gentes, suas feições e seus problemas foram se lhe mostrando no dia a dia, ao vivo de uma relação não privilegiada. E com isso naturalmente, por uma propensão própria, um singular senso do outro e uma abertura intelectual para a diferença, não só o código da língua, como o gesto e a conotação da *parole*, a semântica do peculiar, foram se fazendo suas, e assim os seus falantes começaram a tornar-se os interlocutores de seu espírito dialogante e crítico, e também de sua pena de escritor.

O que havia começado em Recife, com as primeiras sensações da chegada a um novo mundo e que assumira a forma de poesia alemã, ao impacto das criaturas e das paisagens foi perdendo o seu caráter epidérmico, de olhar estrangeiro sobre o estranho. Fez-se interioridade convivida e consabida do relato e do ensaio, em linguagem brasileira.

No ensaio, à medida que foi desenvolvendo a sua atividade de articulista e crítico, o manejo flexível e, ao mesmo tempo preciso da expressão conceitual, demonstrativa e descritiva, traduziu-se no que se poderia chamar de estilo pessoal, imediatamente reconhecido como tal por seus leitores que, quase nunca, ou apenas no uso de alguns

POSFÁCIO

preciosismos do vocabulário culto, estranhavam a fluência vernacular do autor. E por isso mesmo ele passou a ser cada vez mais requisitado, sobretudo no último decênio de sua vida, a fim de contribuir para diferentes órgãos de imprensa e revistas especializadas, com ensaios nos quais ninguém reconhecia o sotaque que era fácil de perceber na sua entonação oral.

Mas isto, poder-se-ia dizer, foi um processo assimilatório e aquisitivo, que se desdobrou ao longo dos anos e de numerosa safra de textos. O surpreendente, todavia, é encontrar em Rosenfeld, logo nos primeiros tempos de sua vida aqui no país, uma série de crônicas e contos em que a delicada e sutil simbiose, entre o discurso analítico e o ficcional, faz emergir marcante familiaridade com as falas e os ritmos da oralidade peculiar da língua falada pelo homem brasileiro, envolta em um pertinente conhecimento das feições desses brasis, então – nos já remotos anos quarenta do século XX – bastante distanciados uns dos outros e ilhados em suas especificidades interioranas e provincianas.

É o que dá a seus relatos e flagrantes da topografia e da tipologia humana um acento que se diria nativo. De outro lado, há que notar a especial aptidão para a pintura ambiental, cujo poder de observação e cuja sensibilidade poética resultam em captações de um artista da palavra em plena empatia com os objetos de sua transcrição criativa. Não menos aguda é a sua fina percepção e viva caracterização psicológica

anatol 'on the road'

e social de uma representativa seleção de perfis, de suas pulsações pessoais e de suas inserções coletivas.

Se a verve e a ironia fazem um recorte distanciador e, às vezes, profundamente crítico, elas não deixam de estar permeadas pela atração simpática e carregadas de generosidade para com o humano, muito humano... É claro que se poderia discernir também na esfera reflexiva que sempre existe neste escritor, subjacente, quando não ostensiva, o intelectual que pensa o mundo a partir de seu extraordinário cabedal filosófico, artístico e político. E, mais ainda, de um imigrado que se debruça sobre a existência a partir de sua dramática experiência de exílio e desarraigamento. Mas isto fica, nesses textos, para um plano de fundo, muito fundo e difuso, reconhecível apenas por lampejos de uma anterioridade vivencial, que pode surgir também na cabeça do leitor por contraposição ao que o narrador lhe conta, com algum vislumbre da própria história deste eu-narrador. Entrever-se-á mesmo, no desfecho de um relato como o "*Mínien* Manco", uma tentativa de levar a história a um sentido além do desenho realista para fins satíricos: o de uma reflexão para-filosófica sobre o embuste como arma da verdade.

Um espírito especulativo poderia também divisar aí um lance mais elevado, ou seja, o modo pelo qual a *anima* das leituras thomas-mannianas, expulsa de sua germanidade, completava a sua viagem, na vivência exilada de seu

POSFÁCIO

leitor judeu no Brasil, reencontrando, quem sabe, a latitude
perdida de sua outra terra *mater*... (E Anatol dá um pulo de
espanto, na paz de seu túmulo).

J. Guinsburg

Este livro foi impresso na cidade de Cotia,
nas oficinas da Meta Brasil,
para a Editora Perspectiva